Sandra Lüpkes · In Hermanns Schatten

Eine mafiöse Entführung im Schatten des Hermannsdenkmals, eine fatale Trinkrunde in der Nordeifel, ein floraler Serientäter am Niederrhein, eine sinnliche Körperverletzung in Münster … Dies sind nur einige Vergehen, derer sich die erfolgreiche Krimiautorin Sandra Lüpkes schuldig gemacht hat, seit sie von der Nordseeküste nach NRW gezogen ist. Die Geschichten sind so unterschiedlich wie die Landschaften, in denen sie spielen – und immer wieder spannender, als die Polizei erlaubt!

Sandra Lüpkes, geboren 1971 in Göttingen, lebte lange auf Juist und wohnt heute in Münster, wo sie als freie Autorin und Sängerin arbeitet. Lüpkes hat bereits neun Romane veröffentlicht, zuletzt: „Die Blütenfrau" und „Die Inselvogtin".

„Sandra Lüpkes kann es – und sie kann es gut!"

Caren Miosga, Kulturjournal N3

Sandra Lüpkes

In Hermanns Schatten

Kriminelle Geschichten
aus Nordrhein-Westfalen

PENDRAGON

Pendragon Verlag
gegründet 1981
www.pendragon.de

Originalausgabe
Veröffentlicht im Pendragon Verlag
Günther Butkus, Bielefeld 2009

Lektorat: Günther Butkus, Jens Gottesleben
Umschlag: Michael Baltus Mediendesign
Umschlagbild: Marcel Keller
Satz: Pendragon Verlag auf Macintosh
Gesetzt aus der Adobe Garamond
Druck: Aalexx Buchproduktion, Großburgwedel
ISBN 978-3-86532-153-4
Printed in Germany

Inhalt

Vorwort

„Wenn wir Nordrhein-Westfalen geschafft haben, dann liegt das Schlimmste hinter uns.“

Nein, dies ist kein historischer Schlachtruf, und wer glaubt, es gehe um eine Reiseroute, der liegt auch daneben. Dieser Satz fällt in meiner alten Heimat Ostfriesland stets, wenn die NRW-Sommerferien anstehen. Die Gäste aus dem bevölkerungsreichsten Bundesland unterscheiden sich von sämtlichen anderen Urlaubern, denn sie kommen immer alle auf einen Schlag, wollen sich bitteschön von der ersten Minute an erholen, erwarten, dass alles ewig so bleibt, wie sie es aus den Ferientagen ihrer Kindheit kennen, und beschweren sich im selben Atemzug, wenn das W-Lan nicht richtig funktioniert.

So sind sie, die Nordrhein-Westfalen. Und – Hand aufs Herz – würden sie nicht mehr die Nordseeküste so unnachahmlich in Beschlag nehmen, man würde sie schmerzlich vermissen.

Nun bin ich als eingefleischte Niedersachsin, als Inselkind und Küstenmädchen, hierhin gezogen, lebe nicht mehr am Rand der Welt, sondern immerhin an der A1.

Und ich fühle mich wohl in meiner neuen Heimat. Wirklich wahr.

So wohl, dass ich gleich ein paar Leichen in die Landschaft geschrieben habe, von Minden bis Monschau, von Straelen bis ins Siegerland wurden sie von mir verteilt. Sozusagen als Mitbringsel.

Mordsspaß beim Lesen wünscht die Westfälin mit Migrationshintergrund.

Sandra Lüpkes

In Hermanns Schatten

„Bei ihrer Gefangennahme vergoss sie keine Träne, verlor kein Wort der Bitte, presste die Hände auf die Brust und blickte nur stumm auf ihren schwangeren Leib."
(Tacitus, Annalen – Ab excessu divi Augusti)

Nelly weinte schon seit Tagen. Wenn sie an den Tischen bedienen musste, weil die vielen Bestellungen sonst nicht zu schaffen gewesen wären, verschwand sie zwischendurch kurz auf der Personaltoilette, puderte sich die Rötungen aus dem Gesicht, putzte die Nase und tuschte die Wimpern neu.

Hermann entging das nicht, er hätte sie auch gern getröstet, doch ihm fehlte die Zeit. Der Laden brummte.

„Wer glaubt, die westfälische Küche entbehre jeglicher Raffinesse, der sollte sich im *Hermann's* eines Besseren belehren lassen." Dieser Satz im wichtigsten Reiseführer der Gegend hatte aus seinem kleinen Restaurant auf dem Teutberg einen Ort gemacht, der fast so frequentiert war wie das Denkmal des Cheruskerfürsten, welches unweit des Fachwerkhauses in den Himmel ragte.

„Einmal Pillekauken mit weißen Trüffeln, einmal Pfefferpotthast vom Straußenfilet ..."

Er wirbelte durch seine kleine Küche, erteilte den Angestellten kurze Befehle und checkte die Teller, bevor sie in den Gastraum balanciert wurden. Und bei alledem behielt er seine wunderschöne, traurige Nelly im Auge.

„In meinem Zustand ist man eben nah am Wasser gebaut", kommentierte sie seine Sorge, als er die Gelegenheit nutzte und ihr beim Vorbeihuschen seine Hand auf den Arm legte. Hermann ahnte jedoch, dass sie sich nach ihrer Familie sehnte. Vergeblich und unverständlich, aber mehr denn je, seit sie wusste, dass sie schwanger war.

Er hätte dem alten Segest den Hals umdrehen können für seine Grausamkeit.

*

„Pizza muss nicht langweilig sein. Und Pasta bietet mehr Variationsmöglichkeiten, als es Sterne in der Milchstraße gibt. Nicht umsonst gehen die Deutschen lieber Italienisch essen, als sich ihre Mägen mit Kraut und Salzkartoffeln zu füllen."

Segest war verärgert. Früher war das *Roma* die erste Adresse für Ausflugsgäste gewesen, doch in diesem Jahr wurde sein Restaurant im Reiseführer mit nur zwei Begriffen beschrieben: Pizza, Pasta. Das lag wohl daran, dass sie die Zeilen für die ausufernden Huldigungen an die Konkurrenz verschwendet hatten. Wütend schleuderte er die Broschüre quer über einen der frei geblieben Esstische.

Die Geschäfte liefen schlecht, seit sein bester Koch gekündigt und dann – nur wenige Kilometer entfernt – ein eigenes Restaurant eröffnet hatte. Ein erbitterter Streit um die Speisekarte war der Anlass gewesen. Segest hatte Hermann in Aussicht gestellt, bald die Geschäftsleitung übernehmen zu dürfen, insbesondere weil alles danach aussah, dass dieser Junge demnächst sein Schwiegersohn werden würde. Aber dessen Bedingungen waren unzumutbar gewesen. Er hatte sich strikt geweigert, weiterhin mediterane Speisen zu kochen. Man sei hier mitten in Deutschland an einem geschichtsträchtigen Ort, beide könnten sie kein Wort italienisch sprechen, da solle man bei seinen kulinarischen Wurzeln bleiben, hatte der blonde Hermann sich konservativ gegeben. Allen Ernstes hatte er Schlackwurst, Töttchen und Möpkenbrot kredenzen wollen.

Sie waren auf keinen verdammten Nenner gekommen. Hermann hatte seine Kochmütze auf den Herd geworfen und das leerstehende Fachwerkhaus auf dem Teutberg gepachtet. Segest hatte ihm keine Träne nachweint und sich für das *Roma* einen viel gelobten Spitzenkoch aus Italien kommen lassen: Publio, ein Künstler am Herd, zudem nicht weniger talentiert, wenn es darum ging, Frauen zu umgarnen. Nur leider schien Nelly immun gegen den südländischen Charme zu sein.

Vor ein paar Monaten war die Situation eskaliert. „Ich verbiete dir, dass du dich weiterhin mit diesem Klugscheißer triffst, hörst du, Nelly? Er ruiniert unser Restaurant. Wehe, du wagst es, mit ihm gemeinsame Sache zu machen!" Da hatte sein Mädchen ihn nur traurig angesehen und wie blind auf ihr Handy getippt. Zehn Minuten später hatte Hermann sie mit Sack und Pack in seinen Lieferwagen verfrachtet. Seitdem hatte Nelly sich nicht mehr zu Hause blicken lassen.

Und das war es eigentlich, was Segest am meisten schmerzte: Dass seine einzige Tochter sich gegen ihn entschieden hatte. Alles hätte sie haben können. Seinetwegen auch das Restaurant. Und trotzdem war sie mit Hermann gegangen.

Schwanger war sie, erzählte man sich, dabei war sie gerade mal einundzwanzig. Und geheiratet hatten beide noch nicht. Verantwortungslos! Das Mädchen schuftete jeden Tag im Service, obwohl sie seines Wissens weder Mitinhaberin noch sonst etwas Gescheites war. Dieser Hermann scheffelte die Kohle und Nelly war Angestellte, womöglich noch auf Mindestlohnbasis. Sie lief in ihr Unglück, seine kleine Tochter.

Er hätte diesem arroganten Hermann das Küchenmesser an die Gurgel halten können.

*

Nelly versuchte, trotz aller dramatischen Veränderungen in ihrem Leben zumindest die liebgewonnenen Gewohnheiten beizubehalten. Ihre Gynäkologin zerstreute ihre Sorge, das morgendliche Joggen könne dem Kind schaden. Also war es lediglich die Strecke, die sie nach ihrem Umzug neu erkunden musste. Bevor sie den Hermannsweg erreichte, führte die Route sie am Heidenbach entlang, der fast in Rufweite an ihrem Restaurant vorbeiplätscherte. Wenn sie einen guten Tag hatte, schaffte sie es bis zum Donoper Teich, wo die Ruhe des angestauten Bachs eine geradezu reinigende Wirkung auf Nelly hatte. Kein Tellerklappern, kein Gästerufen, kein Abzugshaubengebrumm.

Und kein Mann, der auf sie einredete, weil er zu wissen glaubte, was gut für sie sei.

Sie hatte sich entschieden mit Hermann zu gehen, weil es das kleinere Übel gewesen ist. Er dachte wahrscheinlich, sie hätte aus Liebe gehandelt, aber das wäre kein ausreichender Grund gewesen, denn ihren Vater liebte sie schließlich auch. Hitzköpfig waren beide gleichermaßen. Nein, sie war nur aus dem Elternhaus gezogen, weil sie wusste, es musste etwas passieren, egal was. Wäre sie geblieben, hätte ihr Vater geglaubt, über sie bestimmen zu können, wie es ihm passte. Doch das Leben an Hermanns Seite war auch nicht mehr als eine Zwischenlösung. Eigentlich wollte sie den Absprung in die Eigenständigkeit schaffen. Das Kind machte nun leider alles um einiges komplizierter.

Sie beschloss, eine kleine Pause einzulegen, denn der Schweiß klebte ihr bereits das Shirt auf die Haut. Der Morgen war kühl und ihr schneller Atem stieg als Wölkchen ins frühlingshafte Blau. Ein Schwanenpaar gab ein romantisches Bild ab, ihr weißes Gefieder spiegelte sich auf der glatten Wasseroberfläche. Tau glänzte auf den bemoosten Steinen. Das Knacken der Äste vernahm Nelly etwas zu spät, sonst wäre sie vielleicht davongelaufen. Doch als die Gestalt vor ihr auf den Weg trat, war die Gelegenheit zur Flucht bereits vertan.

„Ich schau mir das nicht länger an. Du kommst jetzt mit“, sagte ihr Vater.

Sie wäre ihm gern in die Arme gefallen, niemals zuvor war sie so lange von ihm getrennt gewesen. Doch sein strenger Blick hielt sie auf Distanz. Er verhieß nichts Gutes.

„Was soll denn das?“, fragte sie also stattdessen. Doch dann tauchte Publio aus dem Dickicht auf, der neue Kronprinz ihres Vaters. Seine Augenbrauen zogen sich über den dunklen Augen zusammen und bildeten in ihrer Mitte eine bedrohliche Falte.

Nelly war klar, dass sie nicht den Hauch einer Chance hatte: „Soll das eine Entführung sein, oder was?"

Ohne eine Antwort abzuwarten, fassten die Männer sie hart am Arm und zogen sie mit sich. Hinter einigen Bäumen konnte Nelly den alten Geländewagen sehen. Der Motor lief.

„Papa, ich bin volljährig. Ich kann tun und lassen, was ich will. Und wenn ich bei Hermann leben möchte, dann ..." „Steig ein", sagte er nur.

*

Erst hatte Hermann sich geärgert. Ein Reisebus aus Bottrop hatte sich zum Mittagessen angemeldet und Nelly sollte die Salatteller anrichten.

Ab elf Uhr hatte er sich gesorgt. Ihr Handy war abgestellt. Und sie war anderthalb Stunden über ihre Zeit.

Ab zwölf setzte die Verzweiflung ein. Er überließ seinem Saucier die Küche und fuhr mit dem Mountainbike die Strecke bis zum Donoper Teich ab. Aber Nelly war verschwunden. Er zermarterte sich den Kopf, ob er etwas Falsches gesagt hatte, ob er mal wieder unsensibel gewesen war, im Stress oder aus Nachlässigkeit. Aber ihm fiel beim besten Willen nichts ein.

Dann rief er bei der Gynäkologin an, vielleicht war etwas mit dem Kind und sie hatte sich eilig behandeln lassen müssen, so eilig, dass noch nicht einmal Zeit für einen Anruf geblieben war. Immer hatte er befürchtet, dass das Joggen nicht gut sei für das Baby.

Als letzte Hoffnung fragte er bei der Polizeidienststelle, ob eine junge Frau gefunden worden sei, im fünften Monat schwanger, dunkle Locken, hübsch, schlank, bis auf den Bauch eben.

Und erst dann war er sich sicher, dass Nellys Vater seine Finger im Spiel haben musste.

Die Bottroper Reisegruppe kam um ein Uhr mittags an, sechzig Senioren mit leeren Mägen, er konnte unmöglich von hier verschwinden. Sechzig Portionen Westfälische Kartoffelsuppe. Sechzig Portionen Lippischer Pickert mit Leberwurst und Rübenkraut. Sechzig Portionen Grießpudding mit Rhabarberkompott. So eine Menge Gerichte zeitgleich auf die Teller zu bringen war Knochenarbeit, deswegen gab es ein Zusatzprogramm hier im *Hermann's,* um die Wartezeiten zu verkürzen: Ein Bielefelder Student der Geschichtswissenschaften präsentierte einen unterhaltsamen, mit Beamer und

PowerPoint bebilderten Vortrag über den Cheruskerfürsten, der als kupferner Gigant genau um die Mittagszeit seinen Schatten auf die Veranda des Restaurants warf. Gerade im Jubiläumsjahr der Varusschlacht war das ein Renner, jeden Mittag füllte sich das Restaurant bis auf den letzten Platz. Rentner, VHS-Kurs-Teilnehmer, Kulturvereine oder Betriebsausflügler. „Arminius aber reiste seiner geliebten Thusnelda hinterher, belagerte mit seinen Soldaten die Burg, auf die sein Schwiegervater die Entführte verschleppt hatte ...“, erzählte der Student.

Die Alten aus dem Kohlenpott ließen sich heute unendlich viel Zeit. Zeit, die unter normalen Umständen, ein Segen für den Ablauf in der Küche war.

Doch heute hatte Hermann diese Zeit verdammt nochmal nicht. Er musste Nelly zurückholen, bevor ihr Vater sie verschwinden ließ. Er gönnte diesem falschen, geldgierigen Segest keinen Triumph. Schließlich ging es um mehr als nur um Nellys Zuneigung. Diese Fehde hatte tiefere Wurzeln.

Schon in der Lehrzeit hatte Segest ihm das Leben schwer gemacht, hatte seine Kochkünste in Frage gestellt und ihm immer wieder diese unsäglichen italienischen Gerichte auf die Karte gesetzt. Hermanns Schritt in die Unabhängigkeit war das

Beste gewesen, was er bislang gewagt hatte. Sein Konzept setzte sich durch. Und so war aus seinem ungeliebten Chef inzwischen ein erbitterter Feind geworden. Nelly war in diesem Streit nur die letzte Prise Salz auf eine offene Wunde. Nun war Zeit für einen endgültigen Sieg.

Er wusste, er konnte seinen ewigen Rivalen nur kleinkriegen, wenn er ihn in die Enge trieb. Er musste ihn an der Stelle treffen, an der er verwundbar war. Wie gut, dass Hermann sich im *Roma* auskannte wie in seiner Westentasche.

Die Dessertteller verließen die Küche. Das Schlimmste war geschafft. Jetzt hatte er Zeit. Wo zum Teufel hatte er die Telefonnummer bloß notiert? Er musste nur kurz suchen, dann fand Hermann die Visitenkarte wo sie hingehörte, einsortiert unter L.

*

„Ich kann mir das nicht erklären!“, beteuerte Segest zum hundertsten Mal. Er saß in seinem gähnend leeren Restaurant, auf dem Tisch war die Lippische Landeszeitung ausgebreitet, der Name seines Restaurants zierte das Titelblatt.

Der Prüfer verzog keine Miene: „Es gab an diesem Wochenende gleich fünf Fälle von Lebensmittelvergiftung in Ihrem Restaurant. Und das sind nur die, die sich bei uns gemeldet haben. Wer weiß, wo die Salmonellen noch überall gelandet sind? Nicht bei jedem sind die Symptome so ausgeprägt wie bei den Betroffenen. Die alte Dame, die das *Carpaccio* hatte, ringt mit dem Tod. Die Angehörigen haben bereits Anzeige erstattet."

„Ich kann mir das nicht ..."

„Herr Segest, ich kann Ihre erbärmlichen Entschuldigungen nicht mehr hören. Meine Männer werden Ihre Fleischvorräte mitnehmen und untersuchen. Zudem schauen wir dieses Mal ganz besonders gut hin, wenn wir Ihre Kühlung unter die Lupe nehmen. Der Raum für die sensiblen Lebensmittel war viel zu warm." „Aber das Thermometer zeigte 8 Grad ..."

„Dann ist das Ding eben kaputt. Ihre Anlage ist alt, Herr Segest, da kann das schon mal passieren. Die Funktionstüchtigkeit der Kühlung liegt in Ihrer Verantwortung, da können Sie sich nicht herausreden."

Segest wollte trotzdem etwas erwidern, er hob bereits die Hände zu einer beteuernden Geste, als einer der Beamten mit angeekeltem Gesicht aus der Küche kam. Wortlos hielt er ihnen eine Schüssel hin. Ein Berg Rindergehacktes schwamm grün angelaufen in einer übel riechenden Flüssigkeit. „Das war noch nicht mal mit Folie abgedeckt ..."

Es war eine Katastrophe. Segest zermarterte sich den Kopf. Das Fleisch war definitiv erst am Freitag zugestellt worden, das hatte er mit dem Lieferschein eindeutig belegen können. Doch der Scheißkerl glaubte ihm kein Wort. „Das Zeug sieht aus, als habe da schon der Cheruskerfürst persönlich seine Frikadellen draus gemacht", kommentierte der Prüfer.

„Ich kenne diese Schüssel mit dem verdorbenen Tartar noch nicht einmal, wir benutzen anderes Geschirr ..."

„Wir schließen das *Roma* mit sofortiger Wirkung!"

„Aber ..." Segest brach der kalte Schweiß aus. „Heute Abend hat sich eine Gesellschaft angemeldet. Sechzigster Geburtstag ..."

„Soweit ich weiß, haben die schon umgebucht. Das *Hermann's* hat großzügiger Weise auf seinen Ruhetag verzichtet ..."

*

Nelly nutzte die Aufregung. Ihr Vater war am Boden zerstört und hatte sich gemeinsam mit Publio einige Flaschen Wein aus dem Keller geholt. Nun saßen die beiden betrunken in der Küche und bemerkten nicht, wie sie durch die Vordertür schlüpfte.

Seit sechs Tagen hatte ihr Vater sie wie eine Gefangene gehalten. Zwar waren ihr Zimmer nicht verschlossen und die Hände nicht gefesselt gewesen, aber das Handy hatte er ihr weggenommen und der Festnetzapparat stand unerreichbar in der Küche, zudem war jeder seiner Mitarbeiter instruiert, Nelly auf keinen Fall gehen zu lassen.

Doch auf einmal waren fast alle verschwunden und es war einfach zu entwischen. Angst hatte Nelly trotzdem. Teuflische Angst. Sobald ihr Vater ihr Fehlen bemerkte, würde er ausrasten, soviel stand fest.

Es war schon dunkel und menschenleer draußen. Beim Herausgehen hatte sie einen Blick auf die Küchenuhr geworfen, kurz nach Mitternacht. Wenn sie jetzt das Auto nahm, würden die Scheinwerfer und das Motorengeräusch ihre Flucht vereiteln. Die Fahrräder standen dummerweise abgeschlossen im Keller. Also würde sie die drei Kilometer laufen müssen. Am kürzesten war es, wenn sie den Weg am Denkmal vorbei nahm.

Sie zog ihre Laufschuhe an und die Schnürsenkel fest, dehnte kurz ihre Glieder, dann rannte sie los in die Dunkelheit. Es tat gut, sich zu bewegen.

Die unfreiwillige Trägheit der letzten Tage war ihr nicht gut bekommen. Schritt für Schritt fand sie wieder in ihren eigenen Rhythmus, brachte das Herzklopfen mit ihrer Atmung in Einklang, bis sie diese Anspannung, die Furcht der letzten Tage endlich hinter sich ließ.

Der Schatten des Hermanns, der sich in noch dunklerem Schwarz vor düsterem Nachthimmel abzeichnete, wirkte riesiger, bedrohlicher, angriffslustiger als am Tage. Nelly hatte diesen Krieger mit erhobenem Schwert schon immer abstoßend gefunden. Als kleines Mädchen war der Koloss in ihren schlimmsten Albträumen auf einmal lebendig geworden und hatte es auf sie abgesehen. Und nun, als erwachsene Frau, als zukünftige Mutter, holte sie die Erinnerung an diese finsteren Kindheitsängste wieder ein.

Nelly lief schneller. Der Bauch spannte seltsam, ihr wurde flau, doch sie drosselte das Tempo nicht, rannte weiter, keuchte und presste sich die Hände auf den Leib. Sie musste bei Hermann ankommen, bevor ihr Vater ...

Wie zur Salzsäule erstarrt blieb Nelly stehen. Dicht vor ihr, nur durch einen mannshohen Busch getrennt, stand ein unbeleuchteter Lieferwagen. Sie konnte auf den Seitenteilen das Logo erkennen: „Lander und Söhne – Fleischgroßhandel“. Der dünne Qualm einer im Freien gerauchten Zigarette erreichte ihre Nase. Zwei Männer standen neben der Fahrertür. Sie wagte kaum zu atmen, als sie im Licht des Feuerzeugs Hermanns Gesicht erkannte.

Was machte er hier, um diese Zeit, an diesem gottverlassenen Ort? Warum traf er seinen Geschäftspartner im Schutz der Dunkelheit? Sicher nicht, um die Bestelllisten für die nächste Woche durchzugehen.

„Und wenn der alte Segest mich dafür verantwortlich macht?" Landers Stimme klang beunruhigt.

„Das wird er mit Sicherheit. Aber was hast du zu befürchten? Bei dir ist doch alles in bester Ordnung, oder nicht? Du zeigst ihnen die falschen Lieferscheine, erzählst die Geschichte von den ausgefallenen Kühlaggregaten, die du schon seit Wochen Segest gegenüber bemängelt hast, und dann werden sie glauben, dass Segest dir in seiner Not den schwarzen Peter zugeschoben hat."

„Ob das gut geht?" Lander zog nervös an seiner Zigarette.

„Fünftausend! Dafür kannst du deine Zweifel doch ruhig mal vergessen."

Nelly konnte zwischen den Ästen eine Hand erkennen, die einen Umschlag hielt. Lander griff gierig danach: „Und was versprichst du dir davon?"

„Ich will das *Roma* ein für allemal erledigt wissen. Segest soll bereuen, was er getan hat!“

In Nellys Kopf nahm der Schwindel zu, ihr wurde übel, als sei sie stundenlang Achterbahn gefahren. Kurz überlegte sie aus dem Gebüsch zu treten. Doch sie kannte ihren Freund, er würde auf sie einreden und ihr mit seiner verdammten Wortgewandtheit früher oder später klar machen, dass sein widerlicher Komplott absolut moralisch gewesen sei. Dass es ihrem Vater recht geschehe, beim Gesundheitsamt angeschwärzt zu werden. Also blieb sie stehen, stumm und schwankend, und hoffte nur, dass die beiden Verschwörer endlich verschwanden, damit sie durchatmen und wieder umdrehen konnte.

Lander warf die Zigarette zur Seite, die Glut landete nur einen halben Meter vor Nellys Fußspitze und erlosch im nachtfeuchten Unterholz.

„Würde mich nicht wundern, wenn der sein Töchterchen dann bis ans Ende der Welt schickt, um sich an dir zu rächen.“

„Und wenn schon“, antwortete Hermann.

Nellys Herz krampfte.

*

Segest hatte zuviel getrunken. Jetzt schämte er sich. Nelly stand vor ihm, verschwitzt und verweint, und er konnte nichts für sie tun, weil er kaum in der Lage war, einen Schritt vor den anderen zu setzen.

Publio hatte sich etwas zurückgehalten mit dem Wein, obwohl auch er eine Scheißwut im Bauch haben musste. Doch er konnte sich zum Glück besser beherrschen.

„Papa!", schluchzte das Kind. Aber mehr bekam er einfach nicht aus ihr heraus. Sie schien Schmerzen zu haben, weigerte sich jedoch, ins Krankenhaus zu gehen. Publio bettete sie auf einer der Restaurantbänke, brachte ihr einen Kaffee und legte ihre Beine auf ein weiches Kissen. Er war ein wirklich feiner Kerl.

„Das ist hier nichts für deine Tochter", flüsterte Pablo ihm zu, als Nelly schließlich eingeschlafen war. „Sie braucht italienische Sonne, Dolce Vita! Italienische Lebensfreude, die fehlt ihr."

Segest musste seinem Chefkoch zustimmen. So konnte es einfach nicht weitergehen. Heute Nacht war der Tiefpunkt seines Lebens. Er musste Nelly in Sicherheit bringen, bevor er sie mit nach unten zog.

„Was schlägst du vor?"

„Meine Verwandten in Italia suchen eine fleißige Frau für gute Ristorante. Und sie lieben Bambini. Schick Nelly nach Roma. Wir kümmern uns um sie."

„Ja ... aber ...“ Segest schnürte es die Kehle zusammen.

„Noch heute Nacht, Chef! Ich packe sie in den Wagen, wir fahren los, und in zwei Tagen ist sie bei meinem Paten. Du verstehst? Absolute Sicherheit, die ganze familia passt auf sie auf! Keine blonde Kartoffelfresser kann sie stehlen, versprochen!“

Segest schaute sich in seinem Restaurant um, dessen Sitzplätze wohl noch lange frei bleiben würden. Auf der einen Bank lag seine Tochter.

Er seufzte, dann nickte er Publio zu.

„Schatz, steh bitte auf“, flüsterte er wenig später in Nellys Ohr. „Es wird Zeit für dich zu gehen!“

Nelly erhob sich schlaftrunken und ließ sich von Segest zum Wagen führen. Zum Glück weinte sie nicht, machte keinerlei Anstalten, sich zu wehren, sondern presste die Hände auf die Brust und blickte nur stumm auf ihren schwangeren Bauch.

*

Stammgäste erzählten, sie hätten Nelly getroffen. Zufällig, in Rom, sie arbeite in einer Pizzeria am Fontana di Trevi, kein leichter Job bei den vielen Touristen dort. Ein kleiner blonder Junge hätte an ihrem Rockzipfel gehangen, süßer Kerl.

Hermann wusste von dem Kind, schließlich zahlte er seit dessen Geburt jeden Monat eine beachtliche Summe auf ein italienisches Konto. Gesehen hatte er den Kleinen noch nie. Als Ausrede schob er den Zeitmangel vor, schließlich hatte er expandiert, das *Roma* war nicht wiederzuerkennen.

Doch der wahre Grund war ein anderer. Er wagte es nicht, nach Nelly zu suchen. Segest hatte ihm unmissverständlich klar gemacht, dass sich die italienische Familie von nun an sehr intensiv um seine Tochter kümmerte.

Bis einer weint

Liebes Tagebuch!

Timon ist scheiße. Er bohrt beim Essen in der Nase. Ich halte das nicht aus.

Ein paar Freundinnen sagen, sie wünschen sich einen großen Bruder, aber meiner hat immer Chipskrümel an den Händen (dazu noch abgekaute Fingernägel!) und macht andauernd fiese Witze über meine Pickel, obwohl ich ja nichts dafür kann.

Timon und ich treiben meine Mutter in den Wahnsinn. Das ist mir schon irgendwie klar. Doch was soll ich machen, wenn Timon ständig so scheiße ist?

Meine Mutter hat einen harten Job in einer Tiefkühlpizzen-Firma in Bielefeld. Sie muss die Bestellungen zusammenpacken. Bei uns zu Hause gibt es dann auch immer diese Tiefkühlpizza. Ich kann es schon nicht mehr sehen: Pizza mit Thunfisch oder Salami oder Schinken oder Bolognese. Aber meine Mutter hat keine Zeit zum Kochen. Sie arbeitet den ganzen Tag, weil Papa nicht zahlt, obwohl er eigentlich müsste. Timon und ich sind viel alleine zu Hause. Wenn wir uns zanken, fängt es immer ganz klein an. Es geht um Bleistiftanspitzer, um Computerspiele, ums Müllnachuntenbringen. Eigentlich echt ganz unwichtige Sachen. Und dann zoffen wir uns. Erst fast mehr aus Spaß. Und wenn meine Mutter das mitkriegt, dann ruft sie immer: „Hört doch auf!"

Und wir rufen zurück: „Wir machen nur Spaß!"

Und sie jammert: „Bis einer weint!"

Und komischerweise hat sie immer Recht. Immer weint einer am Schluss. Immer wird es richtig schlimm am Schluss. Und dann sagt sie ganz traurig: „Hab ich es nicht gesagt?"

Ich bin nicht gern zu Hause. Obwohl ich ein eigenes Zimmer habe. Und einen eigenen Fernseher mit DVD-Laufwerk. Trotzdem hasse ich unsere Wohnung. Ich möchte gern abhauen. Vielleicht gehe ich auch zu Papa. Der ist wieder verheiratet, wohnt in Bad Oeynhausen und seine neue Frau ist immer bei dem kleinen Baby, welches die beiden bekommen haben. So etwas hätte ich auch gern. Eine kleine Schwester statt Timon. Und eine Mama, die zu Hause bleibt.

So, ich mach Schluss für heute, auf RTL kommt GZSZ.

Marie

Liebes Tagebuch!

Ich könnte kotzen. Timon macht beim Kauen nie den Mund zu und dann kann man immer sehen, dass er hinten am Backenzahn ein Loch hat. So was von widerlich!

Ich habe gesagt: „Geh zum Zahnarzt und anschließend zum Benimmkurs!“

Er hat gesagt: „Erst wenn du endlich mal die Sauerei vom Badezimmerspiegel wegwischst.“

Das ist fies. Ich kann doch nichts dafür. War doch schon beim Hautarzt. Der hat gesagt, ich solle die Pille nehmen, dann würde das besser mit der Haut, aber das wollte meine Mutter nicht. Aber wenn Timon mal zum Zahnarzt gehen würde, könnte man schon was an seinem Gebiss tun.

Ich habe also gesagt: „Du bist ekelhaft!“ Er hat gesagt: „Wegen dir haben wir so viele Fliegen in der Wohnung.“

Da habe ich meine Federmappe nach ihm geschmissen. Leider hat sie nicht getroffen, stattdessen ist der Porzellanschwan vom Wohnzimmerschrank gefallen.

Er hat gesagt: „Das sage ich Mama, dass du das warst mit deiner scheiß Federmappe.“

Ich habe nichts gesagt.

Mama hat aus der Küche gerufen: „Hört doch auf!“

Wir haben beide gleichzeitig gesagt: „Wir machen nur Spaß!“

Mama dann wieder: „Bis einer weint!“

Ich habe dann auch geweint, weil Timon die Sache mit dem Porzellanschwan gepetzt hat, und meine Mutter sich von meinem Taschengeld einen neuen kaufen will. So einen bescheuerten Porzellanschwan. Den hat von uns kein Mensch mehr angeschaut, seit Jahren verstaubt er in unserem großen Wohnzimmerschrank. Und nun sagt meine Mutter, sie will einen neuen, weil sie so an dem Teil gehangen hat. Und der kostet sechs Euro. Und ich wollte doch sparen, weil ich mir den GZSZ-Terminkalender kaufen will, der farblich genau zu diesem Tagebuch hier passt. Aber das kann ich mir wohl abschminken.

Ich hasse mein Leben!

Marie

Liebes Tagebuch!

Habe ich geschrieben, dass ich mir eine Mutter wünsche, die zu Hause bleibt?

Vergiss es! Seit ein paar Tagen ist meine Mutter zu Hause, weil sie ihren Job bei der Tiefkühlpizzen-Firma verloren hat. Sie hat jetzt Zeit zum Kochen. Aber leider schmeckt es nicht besonders gut. Dafür ist der Wohnzimmerschrank endlich abgestaubt.

Meine Mutter telefoniert viel mit einem Anwalt, damit mein Vater endlich mal Geld rüberschickt. Sonst müssen wir uns eine kleinere Wohnung nehmen, dann müsste ich mir ein Zimmer mit Timon teilen. Und das wäre der blanke Horror. Meinen Fernseher mit DVD-Laufwerk hat sie schon im Internet versteigert. Damit ich meine Klassenfahrt machen kann, hat sie gesagt. Ich wäre aber lieber hier geblieben und hätte DVD's geguckt, statt mit meiner bescheuerten Klasse nach Helgoland zu fahren. Aber na ja, meine Mutter hat entschieden, dass Klassenfahrten wichtiger sind. Einen Vorteil hat das Ganze: Fünf Tage ohne Timon!!

Fünf Tage, in denen mir niemand morgens immer so viel Butter in die Nutella schmiert. Fünf Tage, ohne dass ich seine Käsesocken auf dem Sofa rumliegen sehen muss. Fünf Tage, ohne seine feuchte Aussprache, wenn er schmutzige Witze erzählt.

Marie

Liebes Tagebuch!

Helgoland war supertoll! Eine andere Gruppe aus Ratzeburg war dabei, schon neunte Klasse, und die Jungs waren supersüß. Besonders Richard. Richard aus Ratzeburg!!!

Morgen mehr,

Marie

P.S. Timon hat sich leider nicht verändert in den fünf Tagen.

Liebes Tagebuch!

Mir geht es richtig gut. Meine Pickel sind weg. Die Jungs aus der Schule schauen mich endlich einmal länger an, als nötig. Leider schreibt Richard nicht. Ich habe ihm schon acht Briefe geschickt, deswegen komme ich auch so selten dazu, ins Tagebuch zu schreiben, sorry. Aber das mit Richard ist auch nicht so schlimm. Ich mag den Sven aus der Parallelklasse. Er hat heute „Hallo" zu mir gesagt. Mir geht es richtig gut. Außer morgens. Da ist mir schlecht.

Marie

Liebes Tagebuch!

Wenn man meint, alles ist okay, dann wird es immer besonders schlimm. Wie, wenn Timon und ich sagen: „Wir machen nur Spaß", und meine Mutter sagt: „Bis einer weint.". Es geht immer schlecht aus, vielleicht läuft es im Leben so, keine Ahnung. Jedenfalls weiß ich jetzt, warum meine Pickel weggegangen sind. Und auch, warum mir morgens immer so schlecht war und ich zwei Kilo abgenommen habe. Scheiße, ich traue mich gar nicht, es aufzuschreiben, aber ich glaube, ich bin schwanger! Von Richard aus Ratzeburg. Ich habe überhaupt keine Ahnung, was ich machen soll.

Eigentlich wollte ich es vorhin meiner Mutter erzählen, aber ausgerechnet heute hat sie Timon und mir erzählt, dass wir ab nächsten Monat in 2 ½ Zimmern leben, direkt neben dem Bahnhof, 50 Quadratmeter. Erdgeschoss, jetzt leben wir noch so schön unter dem Dach, im fünften Stock, es ist so schön sonnig hier, aber dann leider im Erdgeschoss. Sie hat geheult und ganz doll aufgepasst, dass sie nicht allzu schlecht über unseren Vater spricht, denn letztlich ist es ihm zu verdanken, dass es uns so miserabel geht. Ich weiß das wohl.

Aber da konnte ich es meiner Mutter natürlich nicht erzählen mit dem Kind. Da wäre sie vielleicht kaputtgegangen, meine Mutter. Ich bin ja erst vierzehn. Und nächstes Jahr habe ich die Schule zu Ende und soll eigentlich eine Lehre machen. Bei einer Bekannten im Friseursalon in Heepen. Hatte meine Mutter alles schon irgendwie geregelt. Denn auch wenn wir jetzt in eine Miniwohnung ziehen müssen und das Essen jämmerlich schmeckt: Meine Mutter hat immer irgendwie alles geregelt. Sogar Timon und meine ewigen Streitereien.

Aber dass ich jetzt ein Kind kriege, wird sie kaputt machen, da bin ich mir sicher.

Was soll ich tun? Scheiße, scheiße, scheiße!

Marie

Liebe Marie!

Das kriegen wir schon irgendwie hin. Mach dir keine Sorgen. Es kann ja nicht ewig bergab gehen. Es wird schon wieder ein Weg nach oben führen. Wir müssen ihn nur finden.

Dein Tagebuch

Liebes Tagebuch!

Ich will ja gar nicht wissen, wer du bist und wie du dazu kommst, auf meine geheimen Fragen zu antworten. Es ist mir egal! Ich kann mit niemandem sprechen und bin heilfroh, dass ich wenigstens darüber schreiben kann.

Also sage mir, wo ich nach einem Weg suchen soll, der Mama, Timon und mich endlich wieder einmal an die Sonne bringt. Sag es mir! Ich werde alles tun. Ich fühle mich nur so hilflos.

Marie

Liebe Marie,

deine Klassenfahrt ist nun schon vier Monate her. Dies bedeutet, dass du dein Kind bekommen wirst, da es für eine andere Lösung inzwischen zu spät ist. Die Wohnung ist auch gekündigt, ein Nachmieter steht schon vor der Tür. Außerdem ist definitiv kein Geld für eine größere Unterkunft da. Deine Mutter bemüht sich um Arbeit, aber wenn das Kind dann im nächsten Jahr da ist, wirst du ihre Hilfe brauchen, sie kann dann keinen Ganztagsjob annehmen. Also ist auch von dort kein Geld zu erwarten. Der Weg, den du finden musst, liegt bei deinem Vater. Er hat ein sicheres Einkommen, aber er weigert sich, etwas davon abzugeben. Eigentlich ist er im Unrecht, laut Gesetz muss er auch für seine „alte" Familie sorgen. Auch wenn er einmal sterben sollte, würdet ihr immer noch als seine Erben eingesetzt werden, ihr seid immer seine Kinder, auch wenn er es jetzt nicht wahrhaben will. Dort liegt der Weg, Marie. Verstehst du mich? Bestehe auf dein Recht, welches du an deinem Vater hast. Deine Mutter sieht dort keine Chancen mehr. Er will nicht mir ihr sprechen, er will nichts von den Problemen hören. Aber vielleicht ist es anders, wenn seine große Tochter auf einmal dasteht.

Dein Tagebuch

Liebes Tagebuch!

Ich verstehe, was du meinst. Aber allein kann ich das nicht schaffen. Vielleicht rede ich einmal mit Timon darüber.

Gut, er ist ein widerlicher Bruder. Aber eigentlich müsste auch er kapieren, worum es geht. Ich werde mit ihm sprechen. Wenn wir beide als Geschwister auftreten kann die Sache nur noch besser funktionieren.

Wir werden das schaffen, denke ich.

Marie

Liebes Tagebuch!

Nie hätte ich gedacht, dass man mit Timon mehr als drei Sätze wechseln kann, ohne dass er einem auf den Geist geht. Aber es ist möglich! Endlich habe ich auch jemandem von dem Baby erzählen können. Das tat richtig gut. Obwohl er schockiert war, ja echt, er hat seinen Mund gar nicht mehr zu gekriegt und ich habe wieder seinen kaputten Backenzahn gesehen. Aber er hat toll reagiert. Er hat gleich gesagt: „Ja, da mache ich mit! Das müssen wir ändern! Das kann Mama nicht alles allein schaffen!“

Und dann haben wir in der letzten Nacht fast keine Stunde geschlafen, sondern die ganze Zeit überlegt, wie wir es anstellen sollen. Und wir haben eine Lösung gefunden! Eine geniale Lösung! Wir werden meinen Vater fragen, ob er beim Umzug hilft. Das ist ein guter Vorwand. Er wird uns diese Bitte nicht abschlagen können, ein solcher Unmensch ist er dann auch nicht. Alles andere regeln wir dann, wenn er kommt.

Was meinst du, liebes Tagebuch?

Marie

Liebe Marie!

Ich halte das für eine sehr gute Idee! Nächstes Wochenende geht es los. Es ist ohnehin nicht verkehrt, wenn jemand hilft, die schweren Möbel aus dem fünften Stock herunter zu tragen. Du und Timon, ihr seid ein wirklich gutes Team, auch wenn ihr das bislang noch nicht so recht gemerkt habt.

Dein Tagebuch

Liebes Tagebuch!

Er kommt. Ich habe ihn heute Nachmittag angerufen, seine neue Frau war am Apparat, und da habe ich gesagt: „Wir ziehen doch am Samstag um, weil wir uns die große Wohnung nicht mehr leisten können. Und kann der Papa da nicht mithelfen? Wir haben doch auch kein Geld für ein paar Möbelschlepper ..." Ich habe das schlechte Gewissen von Papas neuer Frau richtig durch den Telefonhörer kriechen sehen. Echt wahr. Und sie hat ganz schnell geantwortet: „Ich werde es ihm ausrichten. Natürlich wird er euch helfen, er ist doch euer Vater." Im Hintergrund hat meine kleine Halbschwester geheult, ich habe sie noch nie gesehen, ich war auch noch nie in dem Haus, wo sie jetzt leben. Aber auf einmal habe ich gemerkt, dass ich da niemals leben möchte, nicht mit dieser anderen Familie. Auch wenn ich das früher mal in dieses

Tagebuch geschrieben habe. Ich will bei Timon und meiner Mutter bleiben. Aber bald wird sowieso alles besser. Am Samstag kommt mein Vater!

Marie

Liebes Tagebuch!

Wir sind in der neuen Wohnung. Alles hat super geklappt. Genau wie geplant, wir haben den Weg nach oben gefunden! Komisch eigentlich, weil es ja im Grunde genommen ein Weg nach unten war, der für uns den Weg bergauf bedeutet hat. Fast schon witzig. Aber fünf Stockwerke nach unten, ich habe die Stufen gezählt, achtzig Stück. Und passiert ist es so ziemlich genau in der Mitte, auf dem Absatz zwischen Stockwerk drei und zwei. Es war ganz einfach. Und jetzt wird es endlich besser werden. Mehr dazu morgen, ich bin soo müde. Mein Bauch wird langsam rund. Das ist ein schönes Gefühl. Ich werde eine gute Mutter werden. Genau so wie meine Mutter.

Marie

Liebes Tagebuch!

Er war schon ziemlich K.O. Timon und ich haben ihm immer die schwersten Umzugskartons gegeben. Die mit den Büchern und den Computerspielen und so. Mein Vater hat sich echt einen abgeschleppt.

Sonst war er eigentlich ganz nett. Für ein paar Augenblicke hatte ich sogar das Gefühl, dass er es schön fand, mal wieder bei uns zu sein. Vielleicht wäre er ja auch ab und an zu Besuch gekommen. Wenn er nicht ... Mensch, eigentlich war es wirklich einfach. Er hat den schweren Wohnzimmerschrank geschleppt. Der ist ja nun auch unser einziges wirklich sauschweres Möbelstück. Timon und ich haben oben ein bisschen mitgetragen, aber mein Vater, der die untere Kante trug, geriet ziemlich ins Schwitzen. Trotzdem hat er versucht, ein paar Späßchen zu machen. Hat gelacht und gesagt: „Ihr beide seid aber ein gutes Team. Früher habt ihr euch immer gezankt!"

Zwischen Stockwerk vier und drei hat mein Vater schon ganz schön schwer geatmet. „Und wenn wir jetzt loslassen?", hat Timon gefragt.

„Dann bin ich platt wie ein Pfannkuchen!", hat mein Vater geantwortet.

„Wir machen ja nur Spaß!", haben Timon und ich gesagt.

„Jaja, bis einer weint", hat mein Vater gesagt. Der sagt das also auch. Und er hat Recht behalten. Genau wie Mama.

Eine Treppe weiter unten haben Timon und ich dann losgelassen und jeder hat noch mit einem kräftigen Tritt nachgeholfen. Das ging sehr schnell.

Mein Vater hat das Gleichgewicht verloren, kein Wunder, wenn so ein riesiger Schrank auf einen zugerast kommt. Er ist mit den Beinen umgeknickt und dann rutschte das ganze Möbelstück über ihn, sein Weinen war kurz und sehr laut. Timon und ich haben der Form halber um Hilfe geschrien. Die Nachbarn kamen heraus und haben ein wenig mit angefasst. Er war nicht so platt wie ein Pfannkuchen, eher wie Rühréi.

Marie

Liebe Marie!

Was habt ihr getan? War das Absicht? Um Gottes Willen! Warum?

Dein Tagebuch

Liebes Tagebuch!

Natürlich war das Absicht. Du hast doch selbst geschrieben:

Auch wenn er einmal sterben sollte, würdet ihr immer noch als seine Erben eingesetzt werden, ihr seid immer seine Kinder, auch wenn er es jetzt nicht wahrhaben will. Dort liegt der Weg, Marie.

Und das stimmt ja auch. Nicht zu vergessen die Lebensversicherung, die uns auch zur Hälfte zusteht. Hat doch alles wunderbar geklappt. Timon und ich gucken schon in den Wochenend-

Der Thron der Lilie

Annegreta de Melk fuhr mit dem Lieferwagen rasant die Auffahrt zum Gewächshaus hinauf. Sie hörte hinter ihrem Fahrersitz das Plätschern des Blumenwassers in den Eimern und das Knistern der Papiertüten, mit denen sie die 1200 Lilien eingewickelt hatte. Hier in Deutschland sagte man den Holländern eine hundsmiserable Fahrweise nach und viele Passanten schauten etwas verängstigt, wenn Annegreta mit ihrem verräterisch gelben Nummernschild durch deutsche Fußgängerzonen preschte. Doch das Geschäft mit den frischen Schnittblumen war ein Wettlauf gegen die Zeit und ihr Transporter fuhr tapfer das Tempo, welches sie schon seit Jahren von ihm verlangte.

Peer ten Cate kam durch die Glastür und blieb unter dem Firmenlogo seines Blumenladens stehen. Er trug seine grüne Schürze und die feinen Gummihandschuhe; man merkte ihm an, dass er in den letzten Tagen zu viel Arbeit und zu wenig Schlaf gehabt hatte. Aber zum Frühlingsfest und zum Beginn des Wettbewerbes „Unsere Stadt blüht auf“ ging es ihm da nicht anders als den übrigen Kollegen in der Region. Selbst Annegreta im fernen Utrecht merkte an ihren Umsatzzahlen, dass in Straelen für wenige Tage der Ausnahmezustand herrschte.

In diesem Jahr waren es vor allem Lilien. Langstielige, zartblühende Lilien in Weiß und Rot, die meisten jedoch in Gelb und Blau. Peer ten Cate hatte mit weit über tausend Stück die größte Bestellung aufgegeben. Er durfte den Wagen der Blumenkönigin schmücken, weil sein Betrieb sich schon seit mehreren Generationen der Lilienzucht widmete. Und ihre königliche Hoheit hieß in diesem Jahr *Lilie I.* Gekrönt wurde stets ein junges, unverheiratetes Mädchen aus der Gegend, möglichst hübsch und nicht zu dumm.

Annegreta sprang aus dem Auto. Die Ladefläche war so eng bepackt, dass ihr fast ein voller Blumenbehälter auf den Fuß gefallen wäre. Sie schaute sich um, normalerweise kamen ten Cate oder sein Sohn Claas immer sofort herangeeilt, um hilfreich zur Hand zu gehen. Dieses Mal aber blieb der ältere Mann stehen, wo er war. Der Juniorchef war gar nicht zu sehen.

„Peer", rief Annegreta. „Bist du angewachsen, oder was? Wenn ich die Lilien allein schleppen muss, welken die Blüten, bevor ich alle im Laden habe!"

„Ich weiß nicht so recht, wie ich es sagen soll." Sie sah, wie seine Finger in den Taschen nervös am Hosenfutter kneteten.

„Was willst du mir sagen – oder nicht sagen? Hast du doch eine Null zuviel auf den Bestellzettel geschrieben? Glaube nicht, dass ich jetzt mit mehr als tausend Lilien wieder nach Hause fahre."

Nun schlurfte er doch auf sie zu. „Die haben heute Morgen *Lilie die Erste* gefunden. Tot. Die lag im Rückhaltebecken des Kanals in Straelen-Rieth nicht weit von der Brüxkener Straße."

„Nee!" Annegreta tat es für das junge Mädchen leid. Menschenskind, tot im Graben. Aber was um Himmels Willen sollte sie mit dieser Menge frischer Schnittblumen anfangen? Denn bei einem solchen Unglücksfall würden die Straelener mit Sicherheit auf das Frühlingsfest verzichten.

„Ein Busfahrer hat das Mädchen im Wasser liegen sehen."

„Ein Autounfall?"

„Nein. Sie war nackt. Man geht von einem Sexualdelikt aus. Ist das nicht schrecklich?"

Annegreta konnte noch immer nichts Vernünftiges erwidern, sondern schluckte und schluckte an der Trockenheit in ihrem Mund.

„Es war die Tochter vom Hausmeister des Schullandheimes, Melanie Wilken. Sie war erst achtzehn. Ein so anständiges Kind. Ich kann es noch nicht glauben."

Annegreta rechnete den Schaden aus, den ihr die unverkaufte Ladung Lilien bereiten würde. Sie käme nie auf den Gedanken, dem armen ten Cate jetzt die ganze Ware in Rechnung zu stellen. Das wäre pietätlos. Eine ganze Wocheneinnahme würde sie das kosten. Besonders die Blauen, von denen sie mehr als vierhundert Exemplare dabei hatte, waren schon im Einkauf sündhaft teuer. Und sehr schwer verkäuflich. Aber sie würde den Schaden übernehmen, er war ein guter Kunde.

Sie wusste, dass ten Cate eigentlich selbst Lilien züchtete, es war eine seiner Leidenschaften. Doch eine solche Anzahl verschiedenfarbiger Blüten würde er in seinem Betrieb wohl kaum auf einen Schlag ernten können. Zudem war vor einigen Wochen in die Gärtnerei eingebrochen worden. Annegreta hatte davon gehört. Mehrere hundert Blumen waren verschwunden.

Plötzlich schob ten Cate sie zur Seite und griff einen der Eimer. „Wollte ich dir nur erzählen. Aber jetzt los, ran an die Arbeit ..."

Annegreta wusste nicht, ob sie erleichtert oder schockiert reagieren sollte. Allem Anschein nach hatte ten Cate noch immer den Bedarf, 1200 Lilien zu verarbeiten, was zwangsläufig darauf schließen ließ, dass man in Straelen das Frühlingsfest nicht abzusagen gedachte.

Annegreta folgte ten Cate mit einem Eimer blauer Lilien ins Innere des Glashauses. In der fast tropischen Schwüle der Gärtnerei roch es neben dem

Blumenduft nach Schweiß. Erst als sie den Eimer auf dem Boden abstellte, hatte sie freie Sicht auf das Gefährt in der Mitte der Halle. Ein Treckeranhänger, ummantelt mit modrig grauem Steckschaum, stand noch recht schmucklos herum. Drei kräftige Jungs, unter ihnen auch Claas ten Cate, waren dabei, einen Holzthron auf die Ladefläche zu hieven und ihn mit Schlaufen und Schrauben in der Mitte zu fixieren. Der Juniorchef erkannte Annegreta und winkte ihr lächelnd zu. Sie waren in einem Alter, stammten beide aus Familien, in denen Blumen schon seit Generationen für das Essen auf dem Tisch sorgten, und sie kannten sich von der Berufsschule, wo Claas ten Cate während seiner Ausbildung in Holland in Annegretas Prüfungsklasse gewesen war. Sie hatten damals eine schöne Zeit gehabt. Nun reichte es seit Jahren nur noch für ein freundliches Winken.

Ten Cate rief den Jungs ein paar Kommandos zu, dann strahlte er Annegreta entgegen: „Das war meine Idee, für die Königin einen solchen Festwagen zu kreieren. Lilien gibt es in so vielen Farben. Da haben wir gedacht, wir gestalten den Niederrhein im Kleinformat. Wir wollen das Sandufer und den Fluss aus gelben und blauen Blüten stecken. Die Wiesen in grün, aufgefüllt mit Schleierkraut. So etwas hat die Welt noch nicht gesehen."

„Ach, und deswegen die vielen Blauen. Du weißt ja, wie teuer die sind."

„Eben. Und nun, da das Frühlingsfest ausfallen muss ..."

„Wie? Es fällt doch aus?"

„Aber ja, wie sollen wir ohne Königin feiern?"

„Und der Wagen?"

„Den machen wir trotzdem fertig. Wurde ja von der Sparkasse gesponsert, hinten dran ist das Logo eingeplant, dazu brauchen wir auch die weißen und roten Blüten."

„Und was macht ihr dann mit dem Wagen? Ich meine ... ich könnte versuchen ... die Lilien zum Selbstkostenpreis an die anderen Händler ..."

„Nee, Annegreta, das ist lieb von dir. Aber da mach dir mal keine Sorgen. Ich habe dieses Gefährt schon so lange geplant, habe den Thron zusammengezimmert, und so weiter und so fort. Nun will ich das Werk auch vollendet sehen."

Annegreta musste noch einige Male den Weg vom Lieferwagen zum Gewächshaus zurücklegen. Die Männer, die sonst mit anpackten, waren alle mit dem Festwagen beschäftigt und dem alten Peer ten Cate wollte sie die Plackerei nicht zumuten. Sie war eine starke Frau, von der Statur her konnte sie es mit den meisten Männern lässig aufnehmen, ihr machte es nichts aus, die Blumen zu schleppen. Im

Gegenteil, sie nutzte die Zeit, um über die Geschehnisse hier in Straelen nachzudenken. Genau genommen: Über das tote Mädchen.

Sie war keine sensationshungrige Person. Sie hatte auch keine Anwandlungen, nebenberuflich als Detektivin tätig zu werden. Bodenständig wie sie war, verschwendete Annegreta nur selten Gedanken an Dinge, die sie nicht betrafen. Aber dennoch blieb diese Geschichte an ihr haften wie Blütenstaub, weil sie so etwas schon einmal gehört hatte. Eine tote Lilie hatte es doch schon einmal gegeben. Nicht hier, nicht in Straelen. Aber in Amsterdam. Beim dortigen Blumenfest.

Annegreta zog den letzten Eimer von der Ladefläche. Sie konnte sich nicht mehr so genau erinnern. Sie war schon lange im Geschäft, seit sie sechzehn war, arbeitete sie im Familienbetrieb, und sie konnte all die ähnlichen Jahre nicht so richtig auseinander halten. Doch dieser Mord in Amsterdam war in ihrer Lehrzeit passiert, da war sie sich sicher. Und war es nicht auch ein junges Mädchen gewesen? In Amsterdam wurde eine Repräsentantin für jede Blumenart gewählt: Es gab eine Rose, eine Narzisse, eine Nelke, und die Tulpe war natürlich die Königin. Aber damals, und jetzt war Annegreta sich ganz sicher, damals war die Lilienprinzessin ermordet worden. Es musste schon zwanzig

Jahre her sein. Und man hatte den Mörder nie gefasst.

Einige Frauen hatten schon mit dem Stecken begonnen und Peer ten Cate stand mit kritischem Blick daneben. Die Seiten des Wagens waren wellenförmig zugeschnitten und erweckten die Illusion eines tatsächlichen Blütenflusses.

Lilien sind eigenwillig, elegant, zart, aber mit robustem Stängel, haben weiche Blätter, aber einen harten Blütenstempel in der Mitte. In Holland war die Lilie von etlichen alten Künstlern gemalt geworden, jedoch wurde der phallusartige Stiel im Blütenkelch nicht abgebildet, weil er sich nicht mit dem Charakter der Blume vereinbaren ließ.

Wenn Annegreta nach ihrer Lieblingsblume gefragt wurde, so nannte sie meist die weiße Madonnenlilie. Und sie kannte auch deren Bedeutung: Lilie steht für Unschuld. Wenn eine Lilie gebrochen wird, so steht dies für den Verlust der Jungfräulichkeit. Die Blumensprache ist reich an Bildern und Annegreta hatte die Symbole während ihrer Lehrzeit auswendig lernen müssen.

„Sag mal, Peer, wegen dem Mädchen ..."

„Was ist mit ihr?"

„Hatte sie eine Blume dabei?"

„Woher weißt du das?"

„Eine Lilie?"

„Ja, aber …“

„Durchgebrochen?“

„Genau. Das hat man sich erzählt. Eine weiße Madonnenlilie. Aber wie kommst du darauf?“

Annegreta überlegte kurz, ob sie ihm erzählen sollte, dass das Mädchen vor wer weiß wie vielen Jahren in Amsterdam ebenfalls eine weiße Lilie in der kalten Hand gehalten hatte. Eine gebrochene Madonnenlilie. Wahrscheinlich hätte es Peer ten Cate interessiert, vielleicht sogar noch mehr als der Wagen mit dem Thron und den Unmengen von Blumen, der nie benutzt werden würde. Schließlich entschied sie sich, dieses Wissen vorerst für sich zu behalten.

„Ach, nichts, ich überlege nur …“, wimmelte sie ab.

„Aber ich …“

„Es wird wunderbar, wenn der Wagen fertig ist, brauche ich unbedingt ein Foto“, sagte Annegreta, dann verließ sie winkend das Glashaus und setzte sich in ihren Kleintransporter.

Sie atmete tief durch. Dann ließ sie den Motor an und fuhr – rasant und halsbrecherisch – die Ausfahrt hinunter.

*

Theodor Brebeck sammelte alles. Er hatte auf der Dienststelle in Kevelaer schon vor Jahren einen bezeichnenden Spitznamen erhalten: Lexikon. Weil er jeden Schnipsel, den er bei einem ungeklärten Todesfall in die Finger bekam, abheftete, nach einem ihm eigenen System archivierte und so jederzeit und immer alles Wissenswerte zur Hand hatte. Einige Kollegen belächelten ihn dafür.

Sie hatten ihn heute Morgen, kaum war er im Büro angekommen, nach Straelen-Rieth geschickt. Leichenfund in der Nähe des Schullandheims Riemer, die Leute von der Spurensuche waren schon dort. Die Beamten in Straelen würden ihn unterstützen.

Es war praktisch für ihn, ausgerechnet in Straelen zum Einsatz zu kommen, so konnte er gleich zwei Eintrittskarten für das Konzert des Frühlingsfestes besorgen und sie seiner Frau als kleines Geschenk mitbringen.

So hatte sich Theodor Brebeck das alles gedacht. Doch seine Pläne hatten sich gleich nach der Ankunft am Fundort in Luft aufgelöst. Das Frühlingsfest würde ausfallen. Das Mädchen im Rückhaltebecken des kleinen Nordkanals war die diesjährige Blütenkönigin *Lilie I.*, Melanie Wilken, achtzehn Jahre, nackt und erdrosselt, mit einer gebrochenen weißen Blume in der Hand. Als man den traurig zugerichteten Körper mit Hilfe eines Gabelstaplers aus der Senke hob, standen rund zwanzig nicht zu verscheuchende Schaulustige in der Nähe.

Theodor Brebeck notierte fleißig, bis der Leichenwagen abfuhr und er zur Straelener Polizeidienststelle aufbrach.

„Das hier hat was mit den Blumen zu tun", sagte Brebeck mehr zu sich selbst.

„Hier hat alles mit Blumen zu tun", ergänzte einer der Polizisten, die ständig in der wirklich kleinen Kleinstadt ihren Dienst taten. „Die meisten Nachbarschaftsstreitigkeiten drehen sich um Blumen. Es gab mal einen Selbstmord, weil ein über Jahre gezüchteter Blumengarten einer hartnäckigen Blattlausart zum Opfer gefallen war. Alles dreht sich hier um Blumen. Das können Sie mir glauben!"

Eine Kollegin wollte auch noch ihre Geschichte zu diesem Thema loswerden: „Vor ein paar Wochen hatten wir einen Einbruch in einer Gärtnerei. Über hundert Zuchtlilien wurden geklaut, aber der randvolle Tresor blieb unangetastet, genau wie Laptop und Kleingeldkasse." Schließlich stutzte sie. „Was schreiben Sie denn da auf?"

„Ich notiere mir Ihre Aussagen."

„Aber warum denn?"

„Weil ich mir immer alles aufschreibe, könnte ja wichtig sein."

„Aha“, sagten beide Streifenpolizisten gleichzeitig und Brebeck konnte aus den Augenwinkeln ihr Schulterzucken erkennen.

„Und was war das für eine Blume, die das tote Mädchen in der Hand hielt?“, fragte Brebeck.

„Woher soll ich das wissen?“

„Ich dachte, hier in Straelen dreht sich alles um Blumen. Dann hätten Sie doch ...“ Brebeck sah wieder einmal ein, dass nicht jeder Mensch der Ansicht war, lokales Allgemeinwissen speichern zu müssen, so wie er es tat. „Schon gut. Wir fahren zu dieser Gärtnerei.“

„Welche Gärtnerei?“

Jetzt konnte Brebeck sich ein genervtes Seufzen nicht verkneifen: „Zu der Gärtnerei, bei der mal dieser Einbruch gewesen ist.“

„Bei Peer ten Cate war das. Es ist nicht weit von hier, kommen Sie mit.“

Die Beamten gingen durch die Seitentür der Dienststelle nach draußen und stiegen vorn in den blausilbernen Passat, neuestes Modell. Brebeck klemmte sich auf die Rückbank. Er war ein langer Kerl und hatte Mühe die Stelzenbeine und den ockerfarbenen Mantel unterzubringen, ohne dem Kollegen auf dem Beifahrersitz die Knie durch die Lehne in den Rücken zu stemmen.

„Der ten Cate war ganz verzweifelt damals“, führte die Polizistin aus, während sie den Wagen auf die Straße lenkte. „Ich glaube, dem hätten sie besser den Tresor plündern können, statt seine Blümchen zu mopsen."

Sie fuhren über den Süd- und Westwall und Brebeck bestaunte die penibel gepflegten Fassaden der Einfamilienhäuser. Weiter aus dem Ortskern heraus war in den Vorgärten kein Grashalm zu lang, keine Blume verblüht und kein Kinderspielzeug, das kreuz und quer auf dem Rasen lag. Brebeck fühlte sich an sein eigenes Grundstück in Kerken erinnert, bevor seine kleine Tochter laufen gelernt hatte.

„Haben wir eigentlich schon ein Foto von dem Mädchen?", fragte Brebeck, denn das, was heute aus dem Graben gefischt wurde, war nicht die Melanie Wilken, die er sich in seinem Kopf und in seinen Akten konservieren wollte. Für ihn bedeuteten die Leichen immer den Abschluss einer längeren Geschichte, hinter die er als Kommissar erst einmal kommen musste. Und in dieser Geschichte spielten die ermordeten Personen noch eine andere Rolle, waren Konfliktstoff, Objekt der Begierde oder ungeliebtes Anhängsel. Und waren lebendig.

„Wir waren ja schon bei den Eltern und haben die schlimme Nachricht übermittelt. Und dann reichte der Vater uns das Bild aus dem Wohnzimmerregal." Der Kollege auf dem Beifahrersitz kramte umständlich in seiner Aktentasche und zog ein goldgerahmtes Foto heraus. „Für Ihre vorbildliche Aktenführung sollten wir wahrscheinlich besser den Rahmen entfernen, Ihr Ordner quillt ja jetzt schon fast über."

„Nein, lassen Sie das. Ich nehme es, wie es ist." Brebeck fand es wichtig, den antik verschnörkelten Bilderrahmen zu lassen, wie er war. Er wog in der Hand wie ein Päckchen Mehl und fasste ein typisches Fotografenportrait ein: Melanie Wilken vor dunkelrotem Hintergrund als Königin *Lilie I.* in ihrer Robe, welche ein samtblauer Umhang über einem weißen Baumwollgewand war. Sie lächelte in die Kamera. Die dauergewellten blonden Haare lagen auf den Schultern, sie hatte den Oberkörper leicht zur Seite gedreht und hielt in der Hand einen voluminösen Strauß bunter Blumen. Es war dieselbe Art, von der ihre bleiche Hand eben noch ein Exemplar umklammert gehalten hatte. Wahrscheinlich Lilien. So ein nettes Mädchen, bemerkte Brebeck, und musste sich gegen den Gedanken an seine eigene Tochter wehren, die erst in den Kindergarten ging, aber irgendwann auch einmal so alt sein würde. So knapp zwischen Mädchen und Frau, so unsicher in ihrer Erscheinung und gerade deswegen so bezaubernd.

„Wie haben Melanies Eltern reagiert?", fragte Brebeck, während er das Bild in den Ordner legte.

„Wie schon: Sie waren außer sich."

Die Fahrerin ergänzte: „Wir überbringen ja nicht so oft grauenvolle Todesnachrichten wie ihr von der Kripo, aber ich denke ... Halt! Was ist das denn? Ist der denn total übergeschnappt ...", rief sie plötzlich, malträtierte zeitgleich das Gaspedal und schaltete Blaulicht an. Ein Transporter, der ihre Straße kreuzte, musste eindeutig bei Rot über die Ampel gefahren sein. Kurz heulte das Martinshorn, damit die Wagen vor ihnen die Kreuzung räumten und sie dem Verkehrssünder auf die Pelle rücken konnten. „Holländisches Kennzeichen ... mal wieder typisch!"

Der Polizeiwagen jagte aus dem Ort hinaus, an einer Windmühle vorbei und schließlich auf die flache Landstraße Richtung Niederlande. Immer dem dunkelblauen Kleintransporter hinterher, auf dessen Seitenwänden in Holländisch etwas stand, umrahmt von Blumenranken – *de Melk-Utrecht* – und irgendwas Unverständliches eben.

„Ist das nicht etwas übertrieben? Sie rasen ja, als hätten wir hier soeben den Täter erwischt. Das war doch nur ein lapidarer Fahrfehler!", wagte Brebeck von der Rückbank.

„Lapidarer Fahrfehler!", wiederholte der Kollege und schnaubte: „Wenn Sie wüssten, wie oft wir uns mit diesen verrückten Holländern auseinandersetzen müssen. Die heizen wie die Teufel."

„Ich dachte immer, das wäre ein Klischee ...“

„Schön wäre es!“, seufzte der Streifenbeamte, und dann: „Scheiße, tritt auf die Bremse, verdammt noch mal, diese Tulpenfresser, pass auf!“

Wenige Zentimeter vor dem eidottergelben Nummernschild kamen sie zum Stehen. Der Kollege war im selben Moment schon auf der Straße und schimpfte: „Erst total ignorieren und dann 'ne Vollbremsung machen. Lebensgefährlich ist das, lebensgefährlich!“. Brebeck ließ die Seitenscheibe herunter. Nach der Achterbahnfahrt tat frische Luft gut. Zudem war er gespannt, was der Fahrer des Lieferwagens zu seiner Verteidigung zu sagen hatte.

Eine große Frau stieg schuldbewusst aus dem Wagen. Es hätte Brebeck nicht gewundert, wenn sie wie ein Schwerverbrecher die Hände über den Kopf gehalten hätte. „Entschuldigung! Ich war total in Gedanken“, sagte sie mit dem sympathisch weichen Slang der deutschsprechenden Niederländer. Sie war mittleren Alters, mehr grau als blond, mit gesunder Gesichtsfarbe, trug eine blaue Latzhose und hatte kräftige Arme. Keine zierliche Person, sondern ein echtes Mannsweib. „Was habe ich denn verbrochen? Ich dachte, wir sind hier in Straelen und nicht in Chicago!“

„Sie haben eine rote Ampel überfahren“, gab der Kollege sachlich zur Kenntnis und ergänzte, während er die griffbereiten Papiere aus der Brusttasche zog und den Kugelschreiber klicken ließ: „Sie sollten beim Autofahren nicht gleichzeitig mit den Gedanken spazieren gehen!"

„Ich habe von der toten Lilie gehört. Da war ich ganz durcheinander. Das müssen Sie doch verstehen."

„Wenn Sie durcheinander sind, sollten Sie den Wagen lieber stehenla..."

„Sie haben von dem ermordeten Mädchen gehört?", unterbrach Brebeck. Es war verwunderlich, dass seine Kollegen mehr Energie in ein Verkehrsdelikt als in einen Mord investieren wollten.

„Ich habe einen Riesenhaufen Lilien in Peer ten Cates Gärtnerei geliefert, und der Seniorchef hat es mir erzählt. Schlimme Sache mit der toten Lilie."

„Peer ten Cate?", hakte Brebeck nach.

Die Kollegin bestätigte: „Sie erinnern sich richtig. Dorthin waren wir eben unterwegs."

„Und woher wusste ten Cate von der Sache? Ich meine, dass es eine Leiche gab, ließ sich kaum geheim halten. Aber dass es sich dabei um Melanie Wilken handelt, können nur die wenigsten gewusst haben."

„Die Schaulustigen", gab der Kollege zu bedenken.

„Ich bitte Sie. Wir haben hier das Foto von dem Mädchen – hübsch und lächelnd –", Brebeck zog den Rahmen aus dem Ordner, „und wir hatten eine nackte Frauenleiche im Straßengraben. Und wenn Sie mich fragen, gibt es leider nicht mehr viel Ähnlichkeit zwischen den beiden. Das Gesicht der Toten war von nasser Erde und vermoderten Blättern bedeckt, zudem sehen erwürgte Leichen immer entstellt aus, Sie wissen, die Augen und die Zunge und so. Nie im Leben hat einer von den Menschen erkennen können, wen wir aus dem Wasser gezogen haben."

Brebeck sah, dass sich das Gesicht der holländischen Verkehrssünderin verzog. „Entschuldigen Sie, ich hatte ganz vergessen, dass..."

„Kein Problem", sagte diese etwas gequält. „Es ist nicht wegen dem, was Sie gesagt haben. Es ist wegen der Erinnerung, die es in mir weckt."

„Erinnerung?"

„Wie gut arbeiten Sie eigentlich mit unserer Polizei zusammen?", fragte sie, als wäre sie längst schon ein Mitglied des Teams.

„Hervorragend", betonte der Kollege und klickerte erneut demonstrativ mit dem gezückten Kugelschreiber. „Insbesondere mit den holländischen Kollegen von der Verkehrssicherheit."

„Und Mord?"

„Kam noch nie vor."

„Eben doch. Vor genau zwanzig Jahren. Darüber

habe ich nämlich gerade eben so schrecklich nachdenken müssen, dass ich gar nicht auf die deutschen Verkehrsschilder achten konnte."

„Was?"

„Bei uns wurde damals auch eine Lilie gebrochen."

Bevor Brebeck nachfragen konnte, fuhr sie fort: „Lilien stehen für Unschuld, aber das wussten Sie ja sicher schon, oder nicht?" Brebeck hatte es nicht gewusst und war ein wenig ärgerlich auf sich selbst.

Die Holländerin lehnte nun lässig an ihrem Lieferwagen. Sie schien bemerkt zu haben, dass sie kein Bußgeld mehr erwartete. „Und eben, kurz bevor ich Ihr Tatütata gehört habe, ist mir auch eingefallen, was damals in Amsterdam noch so ähnlich war."

*

Claas ten Cate setzte den Akkubohrer an. Er konnte nicht mehr so recht ausmachen, die wievielte Schraube er inzwischen in der Ladefläche des Traktoranhängers versenkte. Alles nur, damit der Thron einen stabilen Stand hatte. So wie sein alter Herr es wollte. So wie es auf dessen peniblem Plan bis ins Detail beschrieben war. Der Thron für die *Lilie* muss auch einem plötzlichen Stopp standhalten, er muss Unebenheiten im Boden vertragen, er muss stehen wie eine Eins. Daran änderte sich laut seinem Vater auch nichts, wenn dieser Wagen sich aller Wahrscheinlichkeit nach niemals auch nur einen Zentimeter vom Fleck rühren würde.

Eine sinnlose Tätigkeit also, dieses Schrauben. Und sein Vater stand daneben und kommandierte, wie er es immer tat.

„Jetzt aber zackzack! Wenn dieser Wagen nicht das Tollste wird, was jemals in Straelen gebaut wurde, dann müsst ihr im nächsten Jahr den Wagen mit Kakteen bestücken."

Die anderen lächelten sich schief zu. Claas kannte ihre Einstellung. Lass den Alten reden! Ihn aber trieb die Art seines Vaters zur Weißglut.

Wieder wand sich eine Schraube in das Bodenholz. Genau so war er in diesen Betrieb hier getrieben worden, wie eine Schraube. Zuerst hatte er nur seinen Eltern zuliebe angetestet, ob die Gärtnerei etwas für ihn sei. Und dann, besonders nach Mutters Tod, hatte die Sohnespflicht ihn tiefer und tiefer gedrückt, hatte ihn hier festgeschraubt. Er hatte nie eine Chance gehabt, das alles zu verlassen. Dabei hasste er diese grellen Farben der Blüten. Ihr Geruch widerte ihn an, es kostete ihn Überwindung, die zarten Blätter nicht zwischen den Fingern zu zerreiben, bis sie zu filzigen Krümeln wurden.

Das Quälendste an der Sache war jedoch: Niemand wusste von Claas ten Cates Leiden. Jeder in Straelen freute sich, dass der Fachbetrieb in der nunmehr dritten Generation weitergeführt werden würde. In derselben Perfektion, mit derselben Hingabe. Seit er sechzehn Jahre alt war, hatte er sich jeden Morgen vorgenommen: Heute sag ich es meinem Vater, dass ich es nicht tun werde, dass ich einen anderen Lebensweg einschlagen möchte. Und jeden Abend lag er niedergeschlagen in seinem Bett und verwünschte seine Feigheit.

Dieses ewige Versagen sich selbst gegenüber machte alles nur noch schlimmer, machte ihn stets übel gelaunt und eigenbrötlerisch. Er hatte auch noch nie eine feste Freundin gehabt, weil die Mädchen immer viel zu schnell darauf gekommen waren, dass mit ihm etwas nicht stimmte. Einige hatten sogar den Grund dafür erraten und ihn bestärken wollen, sich gegen seinen Vater durchzusetzen. Stets war den ersten tiefer gehenden Gesprächen zwischen ihm und einer Frau die sofortige Trennung gefolgt. Deswegen war er mit Mitte vierzig noch immer Junggeselle. Junggeselle und Gärtner mit eigener Lilienzucht. Alles das, was er nie hatte werden wollen.

„Das müsste eigentlich halten", sagte er nun und richtete sich auf. Doch sein Vater stand inzwischen am Eingang des Gewächshauses, neben der Holländerin, die immer die Blumen lieferte und die er schon aus seiner Lehrzeit in Amsterdam kannte, diese unattraktive Annegreta, plump und klobig wie die Zwiebel einer Hyazinthe. Daneben waren zwei Bullen und ein Schnauzbartträger im ockerfarbenen Mantel, der einen Aktenordner umklammert hielt.

Sie schauten zu ihm herüber. „Kommst du mal her?“, rief sein Vater.

Er sprang vom Wagen. Er wählte absichtlich einen langsamen und sicheren Schritt. Warum sollte er nervös werden? Weil sie vielleicht dahintergekommen waren? Hinter sein Geheimnis? Es machte keinen Unterschied. Er schlurfte über den Boden und schaffte ein Lächeln: „Ja bitte?“

„Annegreta sagt, du weißt vielleicht was über das tote Mädchen.“

Claas wischte sich seine verdreckten Finger an der Jeans ab und reichte jedem in der Runde die Hand. „So, weiß ich das?“

Annegret drückte seine Hand länger als normal. Es war nicht zu übersehen, dass sie etwas ahnte. Sie war eine von denen gewesen, eine von den Weibern, die ihm zu nah auf die Pelle gerückt waren. „Weißt du nicht mehr, damals in Amsterdam? Die tote Lilie?“

„In Amsterdam?“, fragte er nach, obwohl er wusste, was sie meinte.

„Ich habe vorhin im Auto darüber nachgedacht,

und dann fiel es mir wieder ein: Es war während unserer Zwischenprüfung. Da ist auch eine *Lilie* umgebracht worden."

Sie schaute ihn an. Wirklich, Annegreta war so unförmig wie die Zwiebel einer Hyazinthe, aber was in ihr steckte, war ebenso schön und süß wie deren Blüte. Er hatte sie gemocht. Mein Gott, wie lang war es her? Zwanzig Jahre. Sie war eine der wenigen Frauen, die es beinahe geschafft hatten. Die ihn beinahe überredet haben, seinen eigenen Weg zu gehen. Sie hatten zusammen für diese beschissene Zwischenprüfung gebüffelt, waren sich dabei näher gekommen, sie hatte mit ihm gelitten, als er mit Pauken und Trompeten durchgefallen war, sie hatte ihm zugeredet, sie hatte ihm ihre Unterstützung angeboten. Und er hatte sie zum Teufel geschickt. Hatte stattdessen das Blumenfest gefeiert, zuviel getrunken, dieses Mädchen kennen gelernt, diese *Lilie*, eine Blumenprinzessin, kichernd und dämlich. Sie sollte ausgerechnet die Lilie vertreten, ausgerechnet diese Blume der Unschuld, die bei ihm zu Hause vergöttert, liebkost und verhätschelt wurde. Die weiße Lilie. Sie war ebenso betrunken gewesen wie er, hatte einen Schluckauf gehabt und ihm beim Küssen ihren sauren Atem in den Mund geblasen. Dann hatte sie die Beine für ihn geöffnet. Sie hatte sich einfach so nackt auf die Wiese hinter dem Festplatz gelegt. Sie hatte ihn geködert. Bleib mir treu, lass mich nicht gehen. Ich bin doch so kostbar. Ich bin doch so unschuldig.

„Ja, ich erinnere mich", sagte Claas. „Meinen Sie, es gibt einen Zusammenhang?"

Der Schnauzbartträger trat auf ihn zu: „Mein Name ist Theodor Brebeck, ich bin von der zuständigen Kriminalpolizei in Kevelaer."

„Ja?", fragte Claas.

„Sehen Sie denn einen Zusammenhang?"

Claas entschied sich für ein Schulterzucken.

„In Ihrer Gärtnerei wurde vor einigen Wochen eingebrochen, es wurden Zuchtlilien entwendet. Gibt es dort vielleicht eine Verbindung?"

Sein Vater schüttelte den Kopf: „Die Polizei meint, dass die Melanie Wilken umgebracht wurde, weil sie eine Lilie war. Sie glauben, dass es um die Blume geht. Eine merkwürdige Vorstellung, finde ich, entschuldigen Sie, aber Lilien stehen doch genau für das Gegenteil. Sie bedeuten Unschuld."

„Tut mir Leid", sagte Claas. „Ich kann Ihnen nicht helfen. Sie sehen, es gibt so viel zu tun." Er gab erneut die Hand und war sich bewusst, wie wohlerzogen er wirken musste.

Niemand hielt ihn auf, als er wieder in Richtung Festwagen ging.

Melanie Wilken war wirklich unschuldig gewesen. Nicht so verlogen wie die Lilie aus Amsterdam. Sie hatte sich ihm nicht an den Hals geworfen. Doch als er erfahren hatte, dass die Königin in Straelen in diesem Jahr eine Lilie sein würde und dass die Familiengärtnerei – wer auch sonst – die Ausstattung übernehmen würde, da hatte er geahnt, dass es Probleme geben könnte. Und er hatte es verhindern wollen. Er hatte alle Lilien vernichtet. Einen Einbruch vorgetäuscht, die Pflanzen entwendet, sie irgendwo in der niederrheinischen Walachei durch den Schredder gejagt und über das Land verteilt als Kompost entsorgt. Doch Vater, der schon so lang an seinem Plan gefeilt hatte, wollte trotz des Verlustes nicht aufgeben. Dieser verfluchte Festwagen war ihm wie ein Lebenswerk erschienen. Und so hatte er die Pflanzen eben bei Annegreta in Holland bestellt. Eigentlich war er also Schuld. Vater hatte immer weiter gemacht. Claas hatte Melanie gestern zu sich eingeladen. Es ginge um den Festwagen, hatte er gesagt. Sie müsse Probe sitzen. Und sie war zu ihm gekommen. Hatte mal links und mal rechts ihren Rücken an den Thron gelehnt, hatte gelächelt und posiert. Und da hatte Claas wieder diesen Drang verspürt. Die zarten Blätter zwischen die Finger nehmen und zerreiben, bis es filzige Krümel waren. So schlimm war es noch nie gewesen. Dieser Geruch und diese Farben, fast hätte er geschrien. Melanie war leise gewesen. „Nein, ich will nicht. Herr ten Cate, Sie tun mir weh!“ Sie sprach ihn mit Herrn ten Cate an. Genau wie sein Vater, Herr ten Cate, ein alter Mann zwischen Blumen, ein alter Mann und eine weiße Lilie. „Ich habe Ihnen nichts getan!“, waren die letzten verständlichen Worte gewesen. Es hatte gut getan, sie zu würgen.

„Wir haben einige Spuren an der Leiche sichergestellt“, erzählte der Schnauzbart hinter ihm.

„Dies ist ein großer Vorteil. Vor zwanzig Jahren war die Polizei noch nicht soweit mit der Beweisarchivierung. Aber inzwischen können wir per DNA-Analyse sehr effektiv jede Spur auswerten.“

„Warum erzählen Sie mir das?“, fragte Vater.

„Nun, ich habe es mir eher selbst erzählt. Als eine Art Gedankenstütze. Ich bin manchmal etwas nachlässig mit meiner Ordnung.“

Claas ten Cate ahnte, dass der Kriminalkommissar soeben gelogen hatte. Dieser Mann mit dem Aktenordner war nicht nachlässig. Der Kripomann hatte diese Bemerkung mit Sicherheit in Claas' Rücken gesprochen. Es sollte wahrscheinlich als eine Drohung verstanden werden. Nur hatte Claas' Vater nichts kapiert.

*

Das Rücklaufbecken war tief genug. Und außerhalb von Straelen auch dunkel und einsam. Sicher hatten sich einige wenige Autofahrer gewundert, warum der Blütenwagen mitten in der Nacht durch die Gegend kutschiert wurde.

Nun hatte er den Traktor am Straßenrand hinter einer Tanne geparkt und den Anhänger bis zum Ufer des kleinen aber tiefen Gewässers geschoben. Er sicherte das Gefährt gegen das Abrollen, indem er Keile zwischen die Reifen und die Bremsbacken schob. Am Ende der Holzstücke hatte er Sisalbänder befestigt. Er hielt die rauen Seile wie Zügel in der Hand.

Er setzte sich auf den Thron. Der Blütenduft betäubte seine Sinne. Es war kaum zu ertragen. Dann nahm er den Akkubohrer. An seinen Händen waren etliche Druckstellen von der mühseligen Arbeit des Tages. Er musste sich verrenken, um die Hose und den Pullover in das gepolsterte Holz zu schrauben. Zehn lange Gewinde auf jeder Seite fixierten seinen Körper. Kerzengerade saß er zwischen den Lilien auf seinem Thron. Wie albern und wie majestätisch.

Er zog kräftig an den Seilen. Mit einem Ruck lösten sich die Keile und der Wagen rollte den Hang hinunter. Der Thron stand wie eine Eins. Hätte er die rechte Hand frei gehabt, so hätte er gewunken. Wie ein König.

Doch so sank er bewegungslos auf den Grund des künstlichen Teiches. Selbst wenn er gewollt hätte, eine andere Entscheidung war nicht mehr möglich. Er hatte seinen Weg gefunden.

Blitzeis

Wenn du die Engel singen hörst, dann haben sie die Stimme deiner Ehefrau, die zu Hause auf dich wartet. Das hatte mal ein Kollege gesagt, der auf der A 7 mit hundert Sachen gegen einen Brückenpfeiler gefahren ist und dabei beide Beine verloren hat. Pass auf dich auf, ich will dich an einem Stück wiederhaben, wenn die Tour vorbei ist, sagte Sina immer.

„Verdammt", fluchte Herbert jetzt. Die Nachtschwärze da draußen, dann diese nassen Scheiben, der Sturm von Steuerbord. War alles ein bisschen viel auf einmal. Seit dreizehn Jahren war er auf der Straße, aber noch nie hatte es ihm derart den Boden unter den Rädern weggeschmiert. Im Radio hatten sie schon gewarnt: „Blitzeis, bitte sofort den nächsten Parkplatz ansteuern."

Menschnochmal, er war doch gerade mal zehn Minuten von der Ausfahrt Krombach entfernt, und das nach einer 6-Tage-Reise. Besser würde das Wetter heute nicht werden, Eisregen bei Minus sieben Grad. Aber wenn er jetzt anhielte, würde er diese arschkalte Nacht in seiner durchgelegenen Koje verbringen, statt neben, über und unter Sina.

Alle Kollegen setzten brav den Blinker. „Siegerland West" war noch 500 Meter entfernt, wusste das blaue Schild. Die anderen Trucker mochten diese Raststätte. Das Essen sei manierlich und eine Kassiererin habe angeblich ziemlich dicke Möpse. Na und? Herbert kannte jede Menge Raststätten, aber die direkt vor seiner Haustür waren ihm fremd. Wer macht so kurz vor dem Ziel schon Pause?

Wieder das Radio: Fahrverbot für alle Fahrzeuge über 7,5 Tonnen. Also quetschte er sich zwischen die anderen Brummis. Und fluchte. Ein Autobahnpolizist schwenkte eine Kelle und wies in der Enge die Stellflächen zu. Witzlos eigentlich, denn Herberts Lkw rutschte in alle Richtungen, nur nicht in die, wo er hin sollte. Nichts ging mehr hier am Rande einer Böschung. Er holte sein Handy aus der Tasche, doch bevor er Sina von dem Pech erzählen konnte, sah er ihn: Im Führerhaus eines 40-Tonners drehte er sich eine Zigarette. Immer noch Dreitagebart, nur in grau. Das konnte nicht wahr sein. Der einzige Mensch, den Herbert in seinem ganzen Leben nicht wiedersehen wollte, ausgerechnet der parkte hier in der Einfahrt von „Siegerland West", keine drei Meter entfernt. Hektisch legte Herbert den Gang ein und setzte den Blinker nach links. Hinter ihm hupte es. Egal. Er musste weg hier, und zwar sofort! Doch die Räder drehten sich, ohne ihn ein Stück voranzubringen, stattdessen rutschte er seitlich weg Richtung Botanik. Zwecklos. Er stellte den Motor ab.

Scheiße, der Typ schaute hinüber. Seinem Blick war selbst durch die beschlagenen Scheiben noch anzumerken, dass er ihn sofort erkannt hatte. Nach all den Jahren. Doch die Erinnerung an damals hatte wahrscheinlich keine Halbwertszeit. Es gibt eben Dinge, die man nie vergisst.

*

Das Todesopfer der Eisnacht war der Kommissarin Tanja Zink gleich irgendwie sympathisch. Fuhr für eine hiesige Brauerei, wie ein gewaltiges Logo auf der Wagenseite verriet, und der Gerstensaft ihrer Heimat war Tanjas liebste Biersorte. Zudem hatte die Meldung über die Leiche im Lkw ihr einen Geburtstagsumtrunk in der Dienststelle erspart. Dort gab es Prosecco – und davon bekam Tanja erbärmliches Sodbrennen.

„Wir haben uns gewundert, denn alle sind los, selbst der 40-Tonner aus Jugoslawien nebenan, aber der hier blieb stur stehen“, gab der Kollege von der Autobahnpolizei zu Protokoll. Seine Nase war rot und er rieb sich unentwegt die Hände.

„Wie haben Sie ihn vorgefunden?“

„Die Tür war offen. Die Heizung muss ausgefallen sein. Er war steif wie das Kaiser-Wilhelm-Denkmal.“

„Hatte er keinen Schlafsack?“

Kopfschütteln. „Lag halbnackt in der Koje. Vielleicht zuviel gesoffen und dann ...“

Klang plausibel, was die Jungs sich bereits zusammengereimt hatten. Klang nicht nach Mord. Dennoch wollte sie den Toten noch nicht dem Bestatter überlassen. Sie war nicht die Frau, die sich mit einfachen Antworten zufrieden gab.

Tanja stieg ins Führerhaus. Der Mann lag zusammengerollt auf dem Steppbett. An seinem Hals baumelte ein Goldkettchen mit Anhänger, der Tote wurde von einer Sina geliebt. Neben dem Lenker blinkte irgendwie kraftlos sein Namensschild, Herbert hieß er also. Tanja zog die Handschuhe über. Zwischen Plüschteddys lag ein Handy. Zehn Anrufe in Abwesenheit – alle von Sina, der erste schon um zweiundzwanzig Uhr.

„Wann ist der Wagen hier zum Stehen gekommen?“

„Ich schätze, so gegen halb acht. Als die Autobahn die reinste Rutschbahn war.“

„Das passt alles nicht“, sagte Tanja mehr zu sich selbst, aber der Kollege hatte zugehört und fragte nach. „Wenn er so betrunken war, dass er sich bei der Kälte ohne Decke schlafen gelegt hat, dann muss er eine ganze Weile gepichelt haben.“

„Und? Die Brummis standen ja die ganze Nacht.“

„Aber seine Liebste hat ihn permanent zu erreichen versucht."

„Vielleicht hatte er keinen Bock auf ein Plauderstündchen."

„Dann hätte er sein Handy aber zumindest auf lautlos gestellt." Tanja blickte sich in dem winzigen Kabuff um: „Außerdem sehe ich hier nicht eine einzige Flasche rumliegen. Soll er etwa im Vollrausch noch das Pfandgut weggeräumt haben? Hier muss etwas anderes passiert sein." Tanja kletterte die horrend hohen Stufen wieder hinab, runter war komplizierter als rauf. „Nach der Obduktion sind wir schlauer."

„Denken Sie etwa an Mord?" Der Kollege vergaß das erste Mal, seine Hände warm zu reiben. Der Gedanke an ein Kapitalverbrechen auf seiner Autobahn musste ihm die Hitze in die Glieder getrieben haben.

Statt einer Antwort erhielt er eine glasklare Anweisung: „Suchen Sie mir alle Lkw-Fahrer heraus, die gestern Abend hier einen Zwangsstopp einlegen mussten!"

„Wie soll ich das denn machen? Das waren locker mehr als fünfzig!"

„Haben die Brummifahrer nicht ein ausgezeichnetes Funknetz?"

*

Sina Prange öffnete die Tür, ihre Augen waren rot und geschwollen. Sie wusste schon Bescheid, Herberts Chef hatte bereits angerufen.

Tanja Zink teilte sich das weiche Sofa mit zigtausend Teddybären und versuchte, die aufgelöste Witwe zu beruhigen, bevor sie ihr die notwendigen Fragen stellen würde. In der Schrankwand standen Fotos aus glücklicheren Zeiten. Herbert in mediterraner Umgebung in Uniform, stolz wie Oscar.

„Wo ist diese Aufnahme gemacht worden?"

Sina folgte dem Blick der Kommissarin. „Auf der Insel Krk. Die gehörte damals noch zu Jugoslawien. Er war dort als Soldat im Einsatz. Kurz vor unserer Hochzeit ..." Sie seufzte: „Fünfzehn Jahre ist das her. Wir waren wirklich glücklich miteinander, auch wenn er immer viel unterwegs war. Wissen Sie, wie gern Herbert immer zu mir nach Hause gekommen ist?"

Tanja nickte hilflos. Sie konnte sich die beiden so gut vorstellen, zwischen dem Nippes auf der Couch, ein bisschen kuscheln und fernsehgucken.

„Hatte Ihr Mann Feinde?" Tanja war sich bewusst, wie seltsam diese Frage in diesem Moment klingen musste. Im Regal standen aufgereiht sämtliche Kuschelrock-CDs und ein auf Pappe gezogenes Puzzle zeigte das Bild zweier händchenhaltender Kinder.

Sina Prange schluchzte: „Er hat bei seinem Einsatz so viel Schlimmes erlebt, dass er Gewalt ablehnte." Ein trauriges Lächeln umspielte ihre Lippen: „Herbert hat noch nicht einmal die Stechmücken zerquetscht, wenn sie ihn in seiner Koje zerstochen haben. Er war der friedliebendste Mann, den ich kannte."

„Vielleicht geht es um eine alte Geschichte?"

Ein ersticktes Schweigen ersetzte eine Antwort. Zögernd erzählte Tanja der Witwe die unschöne Theorie der Autobahnpolizei.

„Nie im Leben ist Herbert betrunken gewesen!", protestierte diese. „Mein Mann hat seit seiner Rückkehr aus dem Kosovo wenn überhaupt nur alkoholfreies Bier getrunken."

„Kosovo?" Tina kam der Polizist in den Sinn, der morgens einen jugoslawischen Truck hatte wegfahren sehen.

„Was war denn da eigentlich los?"

Die Witwe zögerte und zupfte einem Plüschelefanten am Ohr: „Mein Mann ... er war als Soldat in einen Unfall verwickelt. Damals. Sie hatten zuviel getrunken ... zwei kleine Kinder unter dem Jeep ... Er war nicht stolz darauf." Sie schluchzte: „Er hatte immer Angst, dass der Vater ihm begegnen könnte. Irgendwann. Zufällig. Dann würde er die Engel singen hören, hat Herbert gesagt."

Personenschaden

Blaukraut bleibt Blaukraut
und Brautkleid bleibt Brautkleid

„Nichts geht mehr“, erschallt es aus den Lautsprechern.

Die Menschen um mich herum geraten in eine seltsame Mischung aus Panik und Empörung. Einige stehen auf, packen ihre Siebensachen und stellen sich in die Menschenschlange, die sich bereits im Gang gebildet hat. Andere bleiben sitzen und greifen zum Handy, um irgendjemandem, der ihnen wichtig ist, von der Lage der Dinge zu berichten. Das habe ich auch schon versucht. Vergeblich – hier im Niemandsland gibt es kein Netz.

Noch einmal die Durchsage. Das Gemurmel und Geschimpfe wird etwas leiser, doch im Grunde weiß nun wirklich jeder Bescheid: „Aufgrund eines Personenschadens kann dieser Zug seine Fahrt bis auf Weiteres nicht fortsetzen.“

Personenschaden heißt meistens Suizid. Einige Passagiere lugen verstohlen aus dem Fenster. Viel sehen kann man nicht. Polizisten laufen neben der Trasse. Sie stochern in den graugrünen Büschen herum, unaufgeregt, wahrscheinlich passiert so etwas öfter hier in der Gegend. Vielleicht stimmt die Landschaft depressiv, das habe ich vorhin schon gedacht, als der Lokführer nichts ahnend in Richtung Leipzig gefahren ist. Norddeutsche Tiefebene: Fördertürme und Atomkraftwerke, Regenwetter und meilenweit weg vom Rest der Welt. Zweieinhalb Stunden bis Köln.

Mir ist schleierhaft, wie Stefanie sich ausgerechnet für eine Zukunft hier am Arsch der Welt entscheiden konnte. Ausgerechnet Stefanie, die in der Schule immer die Wildeste, die Mutigste und Ehrgeizigste gewesen ist. Sie hat den Mann ihres Lebens kennen gelernt und sich entschieden, zu ihm nach Minden zu ziehen, in ein stattliches Einfamilienhaus mit Vorgarten und zwei Garagen. Zu ihr bin ich gerade unterwegs. Zu ihrer Hochzeit, um genau zu sein.

Das einzige, was an Stefanie nicht schön ist, ist ihr Nachname: Blaukraut. Und seit ihre Hochzeits-Einladung in meinem Briefkasten gelegen hat, rette ich mich mit dem Gedanken, dass sie dem Typen nur deswegen das Jawort gibt, weil sie endlich einen anständigen Nachnamen will. Karsten heißt immerhin *von (!) Dankern.*

Ich heiße Schmidt – auch besser als Blaukraut, aber wohl nicht spektakulär genug für Stefanie, sonst hätte sie meinen Heiratsantrag vor zwei Jahren vielleicht angenommen. Was hätte ich ihr nicht alles geboten: Altbauwohnung in Sichtweite des

Doms, Abwechslung an der Seite eines erfolgreichen Geschäftsmannes und – nicht zuletzt – die größte Liebe aller Zeiten. Aber sie sagte nein und nahm einen adeligen Autohändler aus der Provinz. Und morgen will sie seine Frau werden. Natürlich tut das verdammt weh. Und zugegeben: Mehr als einmal habe ich in Köln die Gleise der Straßenbahn betrachtet und an das gedacht, was nun heute und hier meinen Intercity zum Stoppen gebracht hat.

„In ungefähr dreißig Minuten werden wir einen Schienenersatzverkehr für Sie einrichten, der sie mit dem Bus zu den nächstgelegenen Stationen fahren wird. Bis dahin bitten wir Sie um Ihr Verständnis und Ihre Geduld."

Der Mann mir gegenüber schaut alle dreißig Sekunden auf die Uhr. Ein pickliger Jugendlicher eine Reihe weiter dreht die Musik in den Ohrstöpseln lauter.

Das Kleinkind schräg hinter mir riecht nach voller Windel und die Mutter stöhnt: „Na toll, und wer sorgt für den Brei?"

Eine alte Dame erzählt ihr ungefragt, dass sie ihre Schwester in Bad Oeynhausen besuchen will. Die sei krank, Oberschenkelhalsbruch, einfach nur so gestolpert, aber das käme davon, wenn man mit einundachtzig noch so stur seinen eigenen Haushalt führen will.

Die junge Mutter sagt der alten Dame, sie wäre unterwegs zu einer Hochzeit.

„Och, wie schön“, entgegnet die Dame.

„Wie man's nimmt.“, meint die Frau. Sie ist so eine Unscheinbare, eine von der Sorte, die vielleicht früher einmal etwas aus sich gemacht, doch nach der Geburt ihres Kindes zu Hause den Wickeltisch vor den Ganzkörper-Spiegel gestellt hat.

Aber Hochzeit sei doch immer so romantisch, findet die Oma. Wer denn die glückliche Braut sei.

„Die kenne sie nicht.“, ist die Antwort. „Den Bräutigam aber umso besser. Er ist der Vater von meinem Max.“ Wie auf Kommando fängt der kleine Knirps an zu heulen. Die ältere Dame sieht sehr interessiert aus, geniert sich aber wohl, neugierig weiterzufragen. Ich bin auch interessiert. Und schweigsam.

*

Die dicke Schaffnerin versucht ein freundliches Gesicht zu machen, als sie uns auffordert, den Wagen zu verlassen: „Bitte sehr vorsichtig sein ... Und dann links halten. Folgen Sie den Anweisungen des Gleispersonals.“ Ich versuche, meinen Rollkoffer über den Schotter zu ziehen, aber das geht nicht. Also schleppe ich das Teil. Eine Staffel Einsatzfahrzeuge versperrt die Sicht nach rechts Richtung Zugspitze. Soll ja sehr schlimm aussehen, so ein Bahnunfall. Ich habe mal einen Bericht darüber gelesen. Die Zugführer sind traumatisiert und können nicht weiterfahren. Und die Spurensicherung muss einen gewaltigen Umkreis absuchen.

Also halte ich meinen Blick lieber geradeaus, ganz weit hinten kann man, halb verdeckt von Bäumen, vier Reisebusse warten sehen.

„Ein Mann, glaube ich", berichtet ein Reisender, der tatsächlich grün im Gesicht ist. „Ich saß ganz vorn. Hab's mitgekriegt. Das eine Bein ... Lederschuh und Anzughose ... es war ganz bestimmt ein Mann."

Ich will das nicht so genau wissen, also beschleunige ich meinen Schritt.

„Könnten Sie mir behilflich sein?" fragt die Unscheinbare von vorhin. Der Kleine ist auf ihrem Arm eingeschlafen, mit der freien Hand hebt sie den Kinderbuggy, hinten trägt sie einen Rucksack. Aber für die Reisetasche fehlt ihr ein dritter Arm.

„Klar", sage ich. Sie lächelt.

Als Dank setzt sie sich dann im Bus direkt neben mich. Ich versuche, flach zu atmen, damit der Gestank aus der Kinderhose erträglich bleibt. Es funktioniert nicht.

„Wo steigen Sie aus?“ frage ich.

„Minden“, sagt sie.

„Ich auch.“

*

Wir stehen vor dem burgähnlichen Gebäude, neunzig Minuten später als der Fahrplan versprochen hat. Es ist natürlich niemand mehr zum Abholen da. Jetzt hat auch keiner Zeit zu kommen, sagt Melanies Mutter am Telefon. Es gäbe ein paar Schwierigkeiten, wie das immer so sei vor einem großen Tag wie diesem. Ob ich nicht auch so den Weg zum Hotel finde, sie würde ein Taxi rufen.

Den kleinen Max habe ich in den Buggy gehoben, ohne dass er aufgewacht ist. Inzwischen weiß ich alles von Bettina. Eine gute halbe Stunde haben wir eng nebeneinander im Bus gesessen und geredet. Seltsam, eine solche Chaossituation scheint bei den Menschen immer die Zunge zu lockern. Nie vertrauen sich Wildfremde so derart schnell ihre intimsten Geschichten an, als wenn ein blöder Zufall, ein unglücklicher Umstand einem den Zeitplan mächtig durcheinander gerüttelt hat. Vielleicht findet man dann erst die Gelegenheit zum Quatschen, wenn die Termine auf einmal uneinhaltbar geworden sind.

Bettina ist jedenfalls eine geschiedene *von Dan-*

kern. Karstens Exfrau, die er noch in der Schwangerschaft hat sitzen lassen. Wegen Melanie, oder – wie meine Mitreisende sich ausdrückt – wegen dieser arroganten Großstadtzicke. Sie reist im Gegensatz zu mir ohne Einladung nach Minden und hat sich im Hochzeitshotel einquartiert, aber nicht, um morgen in schnieker Abendgarderobe ein Fünf-Gang-Menü zu genießen und anschließend betrunken zu Schlagermusik zu tanzen. Sie ist hier, weil sie das Ganze verhindern will. Wenn es sein muss mit Gewalt, hat sie gesagt. „Es geht nicht um Karsten. Er ist ein Scheißkerl, eigentlich bin ich froh, ihn los zu sein. Es geht mir um meinen Sohn, um Max. Sein Vater hat ihn erst einmal gesehen. Er kümmert sich einen Dreck um den Wurm. Hat uns damals einfach vor die Tür gesetzt. Und den Unterhalt musste ich auch erst mühsam einklagen. Fährt ein Cabriolet mit Lederausstattung, lebt mietfrei in unserem Haus, fliegt dreimal im Jahr in den Urlaub – aber sein monatliches Einkommen liegt unter dem Existenzminimum. Seit diese Tussi ihm den Kopf verdreht hat, tut er so, als hätte es mich und den Kleinen nie gegeben. Diese verdammten neuen Gesetze machen alles nur noch schlimmer – sollte er seiner Neuen auch Kinder machen, bleibt für Max und mich so gut wie nichts mehr übrig. Und dann gute Nacht!"

„Was genau hast du eigentlich vor?", frage ich nun, nachdem ich auf der Kante meines Samsonite Platz genommen habe.

„Dieser Frau Blaukraut werde ich erst einmal alles haarklein erzählen. Sie sollte wissen, auf wen sie sich einlässt. Wenn die dann morgen doch noch das Brautkleid anzieht, hat sie es nicht besser verdient."

Ich nicke verständnisvoll. Bettina hat keine Ahnung, wer ich überhaupt bin. Sie weiß nur, dass wir dasselbe Reiseziel haben, eine Hochzeit in Minden, doch in ihrer Rage ist sie noch nicht auf den Gedanken gekommen, mich konkreter auszufragen. Darüber bin ich ganz froh. Was hätte ich ihr erzählt? Dass ich ein Studienkollege der Braut bin? Lang, lang ist's her? Mir ist es lieber, sie weiß nicht, dass wir beide hier vor diesem gottverlassenen Mindener Bahnhof so etwas wie Leidensgenossen sind.

Wenn alles so läuft, wie wir beide es wollen, dann bliebe meine Geliebte unverheiratet. Melanie Blaukraut bleibt Blaukraut – und Brautkleid bleibt Brautkleid ... sie kann das weiße Gewand auch später noch tragen, wenn sie endlich erkennt, dass wir beide es sind, die für immer zusammengehören.

„Sag mal, hat dein Handy Empfang?"

Sie klappt ihr Telefon auf. „Ja, wieso?"

„Meins hat schon nach Hamm schlapp gemacht. Funkloch."

„Aber vorhin hast du doch bei Karstens Schwiegermutter angerufen."

„Das war mit dem letzten bisschen Saft in dem alten Akku ..."

„Musst du mal telefonieren?"

Ich nicke. „Geschäftlich. Nur kurz."

Sie reicht mir ihr Gerät. Ich stehe auf, simuliere ein Tippen, und während ich „Ja! Hallo Dr. Erdmüller, ich ruf noch mal wegen der Diagramme an" sage, verschwinde ich scheinbar gelassen um die Ecke. Erst als Bettina außer Hörweite ist, wähle ich die Nummer, die ich auswendig gelernt habe, weil es viel zu riskant gewesen wäre, sie irgendwo zu notieren.

„Ja? Ich bin's. Hat alles geklappt? – Schön! – Passen Sie auf, jetzt zum Geschäftlichen: In einer Viertelstunde wird vor dem Hotel eine Frau mit Baby aus dem Taxi steigen. Helfen Sie ihr mit dem Kinderwagen. Unter der Sitzauflage finden Sie, was Sie suchen. – Die Nummer vom Schließfach ist 247, es ist rechts beim Ausgang, wenn Sie die Station Richtung Domplatz verlassen. – Wie? – Sie ist eine Komplizin. Keine Sorge, ich kann mich auf Bettina verlassen."

Ich drücke das Gespräch weg und gehe wieder

vor den Bahnhof. Max plärrt wieder. Ich mag dieses Kind nicht, es stinkt und ist immer schlecht gelaunt. Trotzdem bin ich froh, dass ich ihm und seiner Mutter begegnet bin. Es macht alles einfacher.

„Du, Bettina, fahr allein zum Hotel. Ich gehe noch kurz in die Stadt. Vielleicht gibt es in diesem Kaff einen Laden, wo ich mein Handy wieder in Gang kriege. So geht das ja nicht weiter ...“

Sie hat keine Hand frei, weil sie den Jungen auf dem Arm hält.

„Ich steck dir dein Handy in die Tasche am Kinderwagen, okay?“

Sie nickt. Mann, geht das alles einfach. Als müsste es so sein. Sie ist viel zu sehr mit ihrem Max beschäftigt, um zu bemerken, wie lang ich an dem Vehikel herumbastele. Der kleine Umschlag mit dem Schlüssel rutscht zwischen Bezug und Rückengestell. Dann hebe ich die Hand zum Gruß und mache mich auf den Weg, bevor das Taxi kommt und der Fahrer mich eventuell sehen könnte.

*

Melanie heult. Aber selbst wenn ihre Augen geschwollen sind, rot geädert und glasig, selbst dann ist sie noch die schönste Frau, die ich je gesehen habe. Sie sitzt auf dem Rand dieses riesigen Ehebettes, am Schrank hängt ein Traum in Weiß mit etwas Spitze und langem Schleier. Eine Plastikfolie ist über das Kleid gestülpt.

Ich gebe ihr mein Taschentuch: „Das kann doch nicht wahr sein!"

„Doch! Sie haben seine Brieftasche gefunden. Sonst hätten sie ihn nicht ..." Sie schluchzt auf und bringt kein weiteres Wort heraus.

„Ich hab in dem Zug gesessen. Mein Gott! Hab mir noch Gedanken gemacht, was da passiert sein könnte. Aber das ausgerechnet Karsten ..." Ich lege den Arm um ihre zuckenden Schultern. Sie riecht so gut nach der Hautcreme, die sie schon seit der Schulzeit benutzt. Wie lange habe ich schon nicht mehr an ihrer Schulter riechen können?

„Aber warum sollte er sich das Leben nehmen? Gerade heute? Einen Tag vor eurer Hochzeit?"

„Ich ... habe ... keine ... Ahnung ..." Zwischen jedem Wort holt sie zitternd Luft. Sie tut mir unendlich leid.

Melanies Mutter steht am Fenster und schaut hinaus. Draußen sind alle Häuser dunkelrot und klein und haben einen akkuraten Vorgarten. Auf der Straße steht das Polizeiauto. Also sind die Beamten noch da, wahrscheinlich reden sie mit Karstens Eltern.

Frau Blaukraut räuspert sich: „Sie haben gesagt,

es muss nicht unbedingt Selbstmord gewesen sein."

Ich schrecke auf: „Ein Unfall? Aber was sollte Karsten dort an diesen Gleisen gesucht haben? Das war mitten in der Pampa, da geht man doch nicht spazieren ..."

Melanies Mutter unterbricht mich: „Nein, sie gehen von Fremdverschulden aus. Der Lokführer stand zwar unter Schock, aber er war sich ganz sicher, eine zweite Person gesehen zu haben, die sich hastig von den Schienen entfernte."

„Du sprichst von Mord?"

„Nein. Die Polizei spricht davon." Jetzt sieht Melanies Mutter mich an. Ganz direkt und ohne eine Regung in ihrem Gesicht. Ich habe das sichere Gefühl, sie sieht in mich hinein und erkennt die Wahrheit. Das ist natürlich Schwachsinn, woher soll diese Frau etwas wissen? War sie nicht schon immer gegen mich? Hat sie Melanie nicht damals zugeredet, sich von mir zu trennen? Ich sei nicht gut, ich sei viel zu besitzergreifend, geradezu unheimlich eifersüchtig und kontrollfixiert. Einer wie ich könne sich auch mal zum Psychopathen entwickeln, hat diese alte Schachtel behauptet. Das nehme ich ihr heute noch übel.

„Aber wer sollte denn so etwas ...?"

„Vielleicht seine Exfrau." Melanie scheint sich wieder etwas gefangen zu haben. Sie putzt sich die

Nase. „Das habe ich auch der Polizei gesagt. Sie hat uns das Leben zur Hölle gemacht. Telefonterror, Drohbriefe, das volle Programm. Und immer ging es nur ums Geld!“

Das erstaunt mich. So aggressiv hatte ich Bettina gar nicht eingeschätzt. Aber das war ja nur umso besser.

„Karsten hat eigentlich schon fest damit gerechnet, dass sie in diesen Tagen hier auftaucht und Ärger macht. Und wer weiß, ... vielleicht steckt sie dahinter ... “

„Das könnte natürlich sein“, sage ich schnell.

„Wie soll denn eine Frau einen ausgewachsenen Mann von Karstens Format auf die Schienen legen?“, mischte Frau Blaukraut sich ein. „Außerdem sprach der Lokführer von einem Mann, der zwischen den Bäumen verschwunden ist.“

Gern hätte ich diesem impertinenten Drachen den Weg zur Tür gezeigt. Was faselte sie da für ein Zeug? Doch ich besitze Verstand genug, um ruhig zu bleiben, schaffe sogar ein kurzes Lächeln in Richtung Fenster: „Zugführer sind nach einer solchen Sache immer total durcheinander.“

„Es könnte doch auch ein Killer gewesen sein ...“

Melanie heulte auf: „Jetzt ist es genug, Mama!“

„Killer?“, frage ich. „Und die Adresse hat Bettina aus den gelben Seiten, oder was?“

„Woher kennst du denn ihren Namen?“, fragt Melanie und sieht mich mit ihren großen Augen an.

Habe ich eben gerade behauptet, ich hätte genügend Verstand?

*

Mehr als eine viertel Stunde habe ich gebraucht, um eine halbwegs plausible Erklärung für meinen Versprecher zu finden. Habe behauptet, Bettina hätte mich vor einigen Wochen angerufen, um mich für ihren Plan zu gewinnen, die Hochzeit zu verhindern. Woher diese Frau meine Adresse hatte, könne ich mir beim besten Willen nicht erklären. Aber solche Psychopathen – und zu denen müsse man Bettina eindeutig zählen – sind ja genau so perfide, wie sie verrückt sind. Von daher wäre die These, dass Karstens Exfrau einen Profikiller angeheuert hat, doch nicht so abwegig. Genau diese Geschichte wiederhole ich gegenüber der Polizei. Die Beamten sind interessiert, sie notieren sich jedes Detail und telefonieren sogar herum. Das ist schon fast komisch, so hat mein kleiner Aussetzer vorhin der ganzen Sache vielleicht genutzt.

„Wir haben eine Aussage, dass diese Bettina van Dankern heute hierhin unterwegs gewesen sein soll. Sie ist mit genau dem Zug gefahren, von dem ihr

Exmann ..." Mit Blick auf die immer noch weinende Melanie lässt der eifrige Polizist den Satz unvollendet.

Nun scheint die Sache für alle klar zu sein. Vielleicht – hoffentlich – hat jemand die Schlüsselübergabe vor dem Hotel beobachtet. Und dann hat Bettina ja noch diese verräterische Telefonnummer auf ihrem Handy. Ich lehne mich in einem bequemen Sessel zurück und nippe an einem Cognac, welcher für die Hochzeitsgäste zur Überwindung des Schocks gedacht ist.

Mein Telefon piept. Es hat die ganze Zeit über prächtig funktioniert. Doch als ich nun auf das Display schaue, wünsche ich, es wäre besser kaputt gewesen.

Die Nummer.

Ich erhebe mich, nicke kurz in die Runde und trete vor die Haustür.

„Wenn du mich linken willst, dann hast du dir aber absolut den Falschen ausgesucht", sagt die unangenehme Stimme.

„Was?"

„Bis jetzt habe ich vor dem Hotel gewartet. Kein Taxi ist gekommen – und erst Recht keins mit Frau und kleinem Kind! Glaubst du wirklich, du kannst mich auf so simple Art verarschen?"

„Aber ..."

„Dreißigtausend Mille, du Arschloch. Und zwar heute noch!“

Mir ist speiübel, als ich das Handy zuklappe. Es war doch alles so ... es konnte doch nichts schiefgehen ... Sie ist doch quasi augenblicklich in das Taxi gestiegen und zum Hotel gefahren. Und der Umschlag mit dem Schlüssel war brillant versteckt. Zumindest, wenn man ihn nur für einen so übersichtlichen Zeitraum verstecken musste. Langsam ging ich wieder ins Haus.

Melanie winkte mich zu sich herüber. Neben ihr standen zwei Polizisten. Die Frau meiner Träume zeigte mir an, sich auf die Sofalehne zu setzen. Sie legte ihren schlanken Arm auf meine Oberschenkel. So viel Vertrauen und Hingabe, es schnürte mir den Hals zu.

„Wir haben Bettina von Dankern gefunden. Sie war tatsächlich hier in Minden, aber am Bahnhof muss sie es sich anders überlegt haben. Wörtlich hat sie den Kollegen erzählt, sie habe im Zug einen sehr netten Mann kennen gelernt und gemerkt, dass das Leben auch ohne ihren Exmann weitergehe. Also sei sie mit dem nächst besten Zug und wieder nach Hause gefahren.“

„Und wo haben Sie Bettina erwischt?“ frage ich, und es misslingt mir, meine Atemlosigkeit zu verbergen.

„Sie wollte gerade umsteigen. In Köln. Hatte gerade ihr Gepäck im Schließfach verstaut und wollte mit ihrem Sohn noch ein bisschen shoppen gehen, bis der Anschlusszug kommt."

„Und was bedeutet das?"

„Wir werden die Sache natürlich noch weiter überprüfen, aber unsere Kollegen meinten, diese Frau mache einen ganz und gar ausgeglichenen Eindruck."

„Aha!" bringe ich hervor.

Die Polizisten geben mir die Hand: „Nichts für Ungut. Die Theorie mit dem bezahlten Killer werden wir auf jeden Fall weiter verfolgen. Da scheint tatsächlich etwas dran zu sein." Sie gehen.

Ich schlucke und bemerke, dass sich meine Hand in Melanies Haar verfangen hat.

„Ist schon okay", murmelt Melanie. „Du hast es ja nur gut gemeint." Sie drückt ihr Gesicht gegen meine Hüfte. Ich werde sie immer lieben.

Irgendwo in Immenhausen

So ein Gefühl kann man nicht beschreiben. Das versteht sowieso keiner. Es ist ein Unterschied, ob man Leder anfasst oder Kunststoff.

Das Knistern des Pergamentpapiers zwischen dem rauen Tonkarton machte Friedrich glücklich. Eigentlich hatte er heute einen ganzen Stapel Fotoalben kaufen wollen, doch als er den braunen Einband sah, im klassischen Querformat, mit geradem Buchrücken und Einlegebändern, da hatte er nicht widerstehen können und die zehn Euro dafür ausgegeben. Er hätte für das gleiche Geld sicher drei andere Exemplare bekommen.

„Du bist nicht ganz echt!", sagte Roland, der heute als erster in der Unterkunft angekommen war und die Pritsche am geöffneten Fenster ergattert hatte. Bei der Sommerhitze war dort wirklich der beste Platz. Zum Glück schliefen die meisten bei dem Wetter sowieso draußen. Nur die jenigen, deren Knochen eine Nacht auf Karton und Asphalt nicht mehr verziehen, kamen zur Schlafstätte.

Roland hatte seine Sozialhilfe heute für Schokolade, billigen Korn und eine Schachtel Marlboro Menthol ausgegeben. Wahrscheinlich machten ihn diese Dinge zufrieden.

Friedrich kümmerte sich nicht darum, was die anderen hatten und taten.

Im Gegenzug schüttelten sie jedoch die Köpfe, wenn er sich etwas gegönnt hatte.

„Was willst du mit dem Scheiß?" „Fremde Fotoalben vom Flohmarkt. Rausgeschmissene Kohle." „Du kennst doch keine Sau auf den Bildern. Keine Sau!"

Friedrich wandte sich ab, soweit es in einem Schlafraum für dreißig Obdachlose möglich war. Es war jedes Mal wie ein Tauchgang, wenn er die ersten Seiten aufschlug. Dann war er woanders.

Wenn er jemals die Möglichkeit gehabt hätte, richtig Lesen und Schreiben zu lernen, dann wäre er vielleicht ein Bücherwurm geworden. Ein Gelehrter, ein Schriftsteller oder Literaturpapst. Die Sehnsucht nach fremden Geschichten, die Seite für Seite vertrauter wurden, hatte ihn vor Jahren in einem Fotoalbum blättern lassen, welches er auf dem Sperrmüll gefunden hatte. Eine hübsche Frau in Schwesterntracht, ein Urlaubsfoto am Strand, das Hochzeitsbild, dann scheinbar kurz nacheinander drei Kinder, vergilbte Partyschnappschüsse. Das war eine Geschichte. Die gleichmäßige Schrift unter den Bildern hatte er sich von einem Kumpel vorlesen lassen, doch durch die Namen und Kommentare war der Zauber der Fotografien verflogen.

Friedrich hatte sich neue Geschichten besorgt. Auf den Bielefelder Flohmärkten gab es immer wieder Trödelhändler, die alte Fotoalben anboten. Leider waren die Dinger schwer und hatten ein unpraktisches Format. Für einen Nichtsesshaften jedenfalls. Er beschäftigte sich mit einem Buch mehrere Wochen, dann brachte er es zum Flohmarkt zurück. Ein Händler auf dem Klosterplatz war immer besonders freundlich zu ihm. Legte er etwas Geld dazu, durfte er sich ein neues Album aussuchen. Dieses hier war prächtig. Das weiße Zwischenpapier hatte eine spinnennetzartige Maserung. Es roch nach feuchtem Dachboden. Da hatte es wahrscheinlich die letzten Jahre gelegen. Ganz vorn auf der ersten Seite klebte ein Foto von einem Fachwerkhaus. Ein Junge in kurzen Hosen und weißem Hemd stand neben einem Steinbrunnen, im Hintergrund pflückte ein Mann mit karierter Kappe auf einer Leiter Äpfel vom Baum. Schwarzweiß. Friedrich schätzte die Aufnahme auf Ende der Vierziger. Nachkriegsidylle. Bewaldete Hügel als Kulisse. Er musste damals im selben Alter gewesen sein wie dieser Junge. Also knapp sechs. Nur hatte er damals bei der Pflegefamilie in Detmold gewohnt, mit drei weiteren Kriegswaisen. Niemand hatte Fotos von ihm gemacht, als er sechs gewesen war.

Auf der nächsten Seite hielt der Junge ein Baby

im Arm, eine angestrengte Frau umfasste beide Kinder mit ihren dünnen Armen und lächelte. Es war die Mutter. Es gab einige Fotos von ihr. In der Küche hielt sie mit Topflappenhandschuhen einen Marmorkuchen. Sie fuhr mit dem Jungen Langlaufski. Der Vater drückte ihr einen Kuss ins Gesicht.

Das kleine Baby wurde größer. Es war ein Mädchen mit dunklen Locken, so hübsch, dass Friedrich sich von diesem Bild nicht lösen mochte. Die Kleine fuhr Fahrrad, ein paar Bauarbeiter standen am Wegrand, stützten sich auf ihre Schaufeln und schauten dem Kind hinterher. Im Hintergrund wurde eine lange Mauer gebaut. Sie warf ihren Schatten auf den Park, in dem der kleine Junge im Kommunionsanzug stand. Das Mädchen aß Eis und verschmierte sich den Mund.

Friedrich gefiel die Geschichte. Es war schon spät, als er mit dem Betrachten aufhörte, die meisten Männer schliefen schon, bis auf die drei, die immer Skat kloppten. Er hatte ihr Gebrüll und Geschnauze gar nicht mitbekommen. Wenn er einmal in eine Geschichte vertieft war, war er woanders. Er stellte die Taschenlampe aus und drehte sich mit dem Gesicht zur Wand. Friedrich fand es sonderbar, dass Fotoalben wie diese auf Flohmärkten landeten. Es waren so wertvolle Erinnerungen darin, warum waren sie für die Menschen bedeutungslos geworden?

Er konnte nicht schlafen. Es war zu heiß. Und Roland schnarchte.

Das Haus und die Apfelbäume, der Vater und die Mutter, der Sohn und die Tochter, der Kuchen, das Fahrrad, das Eis. Er kramte das Buch und die Taschenlampe wieder hervor.

„Hör mit dem Scheiß-Geraschel auf, Friedrich.", murmelte Robert am Fenster.

„Nur noch zwei Seiten."

„Idiot!"

Nur noch zwei Seiten weiterblättern. Nur noch einmal einen Blick auf das hübsche Mädchen werfen. Es musste auch von ihr ein Kommunionsbildchen geben. Die dunklen Locken auf einem weißen Kleid. Er blätterte.

Die Welt wurde anders. Die Mauer im Tal war riesig geworden. Das Mädchen war verschwunden. Es gab Fotos vom Vater, der einen schweren Schubkarren voller Steine schob und unter seiner karierten Kappe schwitzte. Der Junge posierte im Messdienergewand vor einer weiß getünchten Kirche. Die Mutter saß auf einem Gartenstuhl und hatte die Hände in den Schoß gelegt. Hinter ihr ein anderes, ein neues Haus, hell verputzt. Nicht so schön wie das Fachwerk. Auch kein Bild mehr vom Vater. Niemand lachte. Ab der Hälfte war das Fotoalbum leer. Friedrich blätterte weiter. Keine Bilder mehr, obwohl die Geschichte doch noch nicht zu Ende erzählt war.

„Zwei Seiten hast du gesagt, Friedrich!"

„Es ist so spannend!"

Nicht nur Roland lachte darüber. Aus mehreren Betten hörte er verächtliches Schnauben. Er klappte das Album zu. Nun war es still. Die Skatrunde schlief auf dem Tisch. Roland meckerte nicht mehr.

Nur Friedrich blieb wach.

„Das könnte bei mir zu Hause sein", sagte Roland. Sie saßen auf einer Bank in der Bahnhofstraße und aßen belegte Brötchen vom diakonischen Werk. Es war erst halb zehn und schon so heiß, dass sie sich vorgenommen hatten, bis abends dort sitzen zu bleiben, falls niemand auf die Idee kam, sie zu verscheuchen. Friedrich hatte Roland das Album gezeigt. Nur die ersten Seiten.

„Bei dir zu Hause?"

„Ja, ich kenne das da!" Er zeigte mit seinem krummen Finger auf das Bild, auf dem Mutter und Sohn Langlaufski fuhren. Im Hintergrund war auf einem Berg ein eckiges Gerüst zu sehen. „Da bin ich als kleine Rotznase drauf rumgeklettert, bis mein Vater mir den Allerwertesten verdroschen hat. Das ist der Küppelturm."

„Küppelturm?"

„Ja, in Freienohl im Sauerland. Da komme ich her.“

Friedrich deutete auf das Foto, auf dem man die gewaltige Mauer hinter dem Jungen im Kommunionsanzug erkennen konnte: „Dann musst du ja auch wissen, was das hier ist.“

„Das ist ein Staudamm.“ Roland zerrte an der Salami. Er war ein paar Jahre jünger als Friedrich, doch er hatte bereits keine Zähne mehr im Mund. Lag vielleicht an der Schokolade, die er immer kaufte. Die Brötchen musste er zwischen den Kiefern zermalmen. Er spülte mit Bier nach. „Wahrscheinlich der Hennestaudamm. Den haben sie damals gebaut. Wegen Wasserversorgung und Badespaß und so.“

Ein kleines Mädchen kam auf sie zu und warf zwanzig Cent in den Plastikbecher vor ihren Füßen.

„Danke, meine Hübsche“, sagte Roland und verteilte aufgeweichte Krümel um sich herum.

„Weißt du, ich kann mir nicht erklären, was mit der Familie passiert ist. Erst alles eitel Sonnenschein“, Friedrich überflog mit der Hand die ersten Fotografien, dann blätterte er um. „... und dann alles anders!“

„Die haben in Immenhausen gewohnt, möchte ich wetten.“

„Immenhausen?“

„Gibt's nicht mehr. Ist jetzt überflutet. So ein Badesee ist da jetzt. Die sind damals alle zwangsweise umgezogen." Sein Bier war leer, er zerdrückte die Dose und warf sie in den Abfalleimer. „Gesagt haben sie natürlich, dass die sich mit dem Sauerländer Stauwerkverein geeinigt hätten. Aber sag mal echt: Glaubst du das? Die lassen dein Haus, deinen Garten, dein ein und alles absaufen, und du hältst die Klappe?"

„Ich kann mir das nicht vorstellen, aber ich habe ja kein Haus."

Roland ließ die Stirn herunterfallen wie eine Jalousie. Er hatte viel Haut im Gesicht, weil er früher mal dicker gewesen war. Sonst wusste Friedrich nichts über seinen Kumpel. Obwohl sie schon seit Ewigkeiten gemeinsam durchs Jahr strichen. Aber über die Vergangenheit sprach man in ihren Kreisen grundsätzlich nicht.

„Ich hab schon wieder Durst. Seit drei Wochen nur diese Scheiß-Sonne. Ich halt das hier in diesem bekloppten Bielefeld nicht mehr aus."

Friedrich stand auf. „Ich gehe jetzt dahin."

„Wohin?"

„Ins Sauerland, wo du herkommst. Da ist ein See, hast du gesagt. Badespaß und so. Da kann ich den ganzen Tag im Wasser hocken. Mir ist es hier zu staubig!" Demonstrativ klopfte Friedrich sich das

Hemd ab, so als hätte er selbst viele Jahre auf einem Dachboden gelegen, nicht nur das Album. Was der eigentliche Grund für seine Reiselust war. Aber sollte er Roland das erklären? Dass er sich auf die Suche machen wollte nach einer Geschichte, die schon ein halbes Jahrhundert zurücklag? Eine Geschichte, die nur aus verblassten Fotografien bestand, auf denen Menschen zu sehen waren, die zum größten Teil nicht mehr lebten. Oder die mit der Vergangenheit nichts mehr zu tun haben wollten.

„Dann komme ich eben mit!", sagte Roland.

Die Sauerländer hatten scheinbar nicht oft mit Leuten ihres Kalibers zu tun. Am Badestrand des Stausees rückte man zur Seite und guckte schief. Es waren Sommerferien. Viel Platz war nicht am Hennesee, obwohl das Ufer wesentlich breiter war als gewöhnlich. Die Dauerhitze des Sommers hatte den Wasserstand des Sees um fünfzehn Meter gesenkt.

Friedrich hatte Roland überreden können, kein Dosenbier zu trinken, solange sie hier am sandigen Ufer zwischen den Kindern saßen. „Die Idioten dahinten haben in der letzten Stunde mehr Bier getrunken als ich in einer Woche", maulte Roland und zeigte auf eine Truppe Männer, die Würstchen auf einem Einweggrill brieten und zu Schlagermusik grölten.

„Das muss das Paradies sein hier, mit Würstchen und Bier und keiner guckt blöd!“, meinte Roland.

„Hey, du Penner, passt dir was nicht?“, rief ihnen einer mit kurzen Haaren und Sonnenbrand zu. Er hatte sich eine Trainingsjacke über den roten Oberkörper gelegt. „Sportclub Alt-Immenhausen“ stand im Halbbogen auf dem Rücken. Und ein Werbelogo: Sauerländer Stauwerkverein – Wir können Ihnen das Wasser reichen. So zumindest hatte Roland es ihm vorgelesen. Friedrich erhob sich und ging in Richtung Bratwurst.

„Bist du bescheuert? Leg dich nicht mit denen an!“, zischte Roland ihm hinterher.

Der Kiessand war heiß. Friedrich besaß keine Badelatschen, für ihn gab es nur Wanderstiefel oder gar nichts an den Füßen. Er versuchte, nur kurz mit den nackten Sohlen aufzukommen.

„Tanzt du nach unserer Musik, alter Penner?“, fragte wieder der Typ. „Oder willst du mich mit deinem alten Lederbuch da verhauen?“ Nun drehten sich auch die anderen um. Viele konnten nicht mehr ganz geradeaus schauen. Friedrich wusste, dass solche Typen in diesem Zustand für ihn und seinesgleichen gefährlich werden konnten.

„Können Sie mir behilflich sein?“, fragte er und schlug das Album auf. „Haben Sie eine Ahnung, wo diese Aufnahmen hier gemacht worden sind?“

„Lass den Scheiß", rief Roland von weiter hinten.

„Bin ich Fremdenführer, oder was?", sagte der Sonnenbrand.

„Das ist meine Familie", log Friedrich.

„Bei uns werden keine Asozialen geboren!"

„Hier, das bin ich." Friedrich drückte seinen Zeigefinger auf den kleinen Jungen am Brunnen vor dem Fachwerkhaus. Tatsächlich legte der junge Kerl den Kopf schräg und schaute sich die Fotografie an.

„Kannst du mir sagen, wo das ist?"

Er bekam eine brave Antwort: „Das alte Immenhausen, würde ich sagen. Ist alles weg."

Friedrich blätterte weiter, bis er das Bild fand, auf dem die Frau vor dem neuen Siedlungshaus sitzt. „Und das?"

„Könnte Meschede sein. Keine Ahnung. Die Siedlungen sahen damals alle gleich aus. Sind teilweise schon wieder abgerissen. Da will keiner drin wohnen."

„Sie sind auch aus Immenhausen?"

„Ich?" Der Kerl schaute an seiner Trainingsjacke herunter. „Ach so, Sportclub Alt-Immenhausen, steht da ja. Aber das ist irgend so eine Traditionskiste, dass unser Verein so heißt. Eigentlich gibt es kein Immenhausen mehr. Da stehen nur ein paar Höfe am Hang, mehr nicht."

„Alles klar?", rief Roland von hinten. Er klang besorgt.

„Kennen Sie diese Frau?"

„Vielleicht sehe ich aus, als wäre ich hundert Jahre alt, aber dann liegt das am Bier und meinem Scheiß-Sonnenbrand. Die Alte da ist doch sicher schon lange tot!"

Roland blätterte zurück und zeigte das Kommunionsbild. „Und dieses Mädchen da? Meine ... meine Schwester?"

Zugegeben, das Mädchen war schwer zu erkennen, die Bilder waren damals ohnehin sehr klein und das Eis verschmierte Gesicht befand sich eher im Hintergrund. Er schlug noch eine Seite zurück und tippte auf das Foto mit dem Fahrrad.

„Sie müsste jetzt fast fünfzig sein", sagte er sicherheitshalber dazu. Der Sportkamerad schien nicht der Intelligenteste zu sein. Er hielt ihm das Album direkt vors Gesicht.

„Du Arschloch willst mich verschaukeln, oder was?", sagte der Kerl und stieß mit dem Unterarm gegen das Album, sodass es Friedrich aus der Hand und auf den Boden fiel. „Die ist heute nicht fünfzig Jahre. Das ist die Annemarie. Die ist gar nichts."

Roland stand mit einem Mal hinter Friedrich: „Hau endlich ab hier!"

„Wie, die ist gar nichts?“, fragte Friedrich trotzdem.

„Die Annemarie ist nicht mehr da. Genau wie dein Immenhausen hier.“

Roland zog an seinem Arm. Erst da fiel Friedrich auf, dass sich die ganze Sportmannschaft inzwischen in Position gebracht hatte und schlecht gelaunt in seine Richtung blickte. Er griff sich das Buch.

„Steht doch unter dem Bild, du Idiot. Unsere liebe Annemarie, das letzte Foto. Wenn du wirklich der Typ daneben wärst, dann müsstest du eigentlich wissen, was passiert ist. Also hau ab. Ich hab dir schon gesagt, dass Immenhausen mit Leuten wie dir nichts zu tun haben will.“

Roland hatte sicherheitshalber schon den ganzen Kram zusammengepackt. „Lass uns verschwinden!“, flüsterte er. Friedrich folgte ihm bis zu den Büschen am Rande des Badeufers.

„Hast du das gewusst? Das mit der Annemarie und dem letzten Foto? Du kannst doch lesen.“

Roland öffnete sich ein Bier. „Kann ich!“

„Und warum hast du nichts gesagt?“

„Weil du dann nicht hierhin gefahren wärst. So blöd bin ich nicht, Kollege. Du willst hier den Detektiv spielen, und ich wollte mal wieder ins Sauerland. Hätte ich dir erzählt, dass die liebe Annemarie ...“ Er unterbrach seine Rede mit einem kräftigen Schluck und wischte sich den Mund an seinem nackten Oberarm ab. „Die Annemarie ist schon lange tot. Na und? Was soll's? Wir sind hier, die Sonne scheint, das Wasser ist nicht zu warm und nicht zu kalt. Schmeiß das Buch in den Mülleimer und lass es dir endlich einmal gut gehen.“

Friedrich lehnte das angebotene Bier mit einem Kopfschütteln ab. Er war ein anderer Typ als Roland. Je länger sie gemeinsam durch das Leben zogen, desto mehr fiel es ins Gewicht. „Wo sind die denn damals beerdigt worden? Den Friedhof haben sie doch nicht auch absaufen lassen, oder?“

„Soweit ich weiß, sind die alle schon damals in Meschede unter die Erde gekommen.“

„Also ...“

„Nee, Friedrich, ich latsch jetzt nicht bei dreißig Grad im Schatten über den Friedhof und begucke Grabsteine, nee, mein Freund!“

„Ich kann doch nicht lesen.“

Friedrich kaufte für seinen Kumpel eine Tafel Alpenmilchschokolade am Kiosk.

Sie zogen los.

Eine kleine Kapelle am Friedhofsrand. Viele hundert Kreuze aus Holz und Stein. Neunzehn Annemaries. Die meisten starben mit über siebzig. Eine kurz nach der Geburt. Eine mit zweiundzwanzig, ihr Grab war noch nicht eingeebnet. Keine tote Annemarie passte zu der Geschichte im braunen Lederbuch.

„Was macht ihr hier? Verschwindet, ihr Landstreicher!“ Ein Mann schwenkte einen Spaten in ihre Richtung. Roland machte sich gleich auf den Weg zum Friedhofstor. Friedrich blieb stehen. Er hatte schon lange keine Angst mehr vor irgendjemandem. Schon gar nicht vor Männern, die laut schrien, sich wild gebärdeten und dabei tiefrot anliefen. Die waren meistens harmlos.

„Ich suche eine Annemarie!“

„Hier ist ein Friedhof und kein Obdachlosenasyl!“ Der Kerl schien der Friedhofswärter zu sein. Er trug blaue Arbeitskleidung und schob eine Karre mit Erde, als er auf Friedrich zukam. „Mach dich vom Acker, Alter!“

„Sind hier die Leute aus Immenhausen beerdigt?“

„Ja. Aber jetzt Abmarsch. Ich habe euch beide die ganze Zeit im Visier gehabt. Glaub mal nicht, dass ich so Alkoholiker wie euch hier die Gräber zertreten lasse. Glaub mal nicht!“

„In den fünfziger Jahren ist eine Annemarie gestorben. Sie muss ungefähr fünf oder sechs Jahre alt gewesen sein. Wissen Sie etwas davon?“

Der Friedhofswärter musste etwa in seinem Alter

sein, auch wenn Friedrich fand, dass der Kerl sich im Vergleich zu ihm nicht so gut gehalten hatte. Er war eindeutig zu fett.

„Du fragst nach Annemarie Nossek!"

„Kann sein ..."

Friedrich wusste, wenn er nur selbst gelassen blieb und in ganz normalen Sätzen mit den Leuten sprach, dann hörten sie früher oder später auf, ihn anzuschreien. Irgendwann sprachen sie dann ganz normal mit ihm. Wie mit einem Menschen. Der Friedhofswärter war nicht mehr ganz so rot im Gesicht.

„Da kannst du hier lange suchen. Die ist nicht hier. Die haben sie doch damals nie gefunden."

„Die Annemarie Nossek?"

„Das war noch vor der Flutung der neuen Hennetalsperre. Da war ich zehn oder so. Die ist verschwunden. Man glaubt, dass einer von den Bauarbeitern sie ..., aber man hat das Kind nie gefunden." Er setzte sich auf den Rand der Schubkarre und nahm seine flache Mütze vom Kopf. Sein Scheitel war sehr breit und glänzte vom Schweiß. „Die war hübsch. Das weiß ich noch. In der Mescheder Zeitung war ein Foto von ihr. Dunkle Locken. Meine Eltern haben bei der Suche geholfen. Alle haben bei der Suche geholfen. Viele Tage lang. Und die Eltern haben immer weiter gehofft. Aber dann ist ja alles weggekommen. Dann hat ja das Wasser alles bedeckt.“ Er zog sich eine Zigarette aus der Brusttasche seiner Arbeitsjacke und bot Friedrich ebenfalls eine an. „Warum sucht so einer wie du nach der Annemarie Nossek?“

Friedrich rauchte nur selten. Trotzdem nahm er die Zigarette dankend an. Er ahnte, wie viel Überwindung es den Friedhofswärter kosten musste, mit einem wie ihm die Raucherpause zu verbringen. Es musste das Thema sein, weswegen der Fremde sitzen blieb. Friedrich überlegte, ob er das Album zeigen sollte. Doch er entschied sich für eine kleine Lüge, die er nicht großartig erklären und rechtfertigen musste: „Ich habe damals in der Nachbarschaft gewohnt. Wir haben dann Immenhausen verlassen, als die Umsiedlung stattfand. Ich wusste nicht, wie die Geschichte damals ausgegangen ist, und neulich habe ich mal wieder daran gedacht und mir vorgenommen, mal vor Ort nachzufragen.“

„Aha“, machte der Friedhofswärter und schaute Friedrich von der Seite an. „Und wo wohnste jetzt?“

„Nirgendwo. Kann man doch sehen, oder?“

„Bist also ein Penner?“

„Ja.“ Er ließ sich Feuer geben. „Was ist mit der Familie passiert? Mit dem Bruder? Wie hieß er noch gleich?“

„Peter.“

Beinahe hätte Friedrich „genau“ gesagt, doch dann

verschluckte er das Wort. Schließlich hätte es auch eine Falle sein können, ein Test. Vielleicht hieß der Junge ganz anders und dann hätte er sich und seine kleine Lüge verraten. „Kann sein, ich weiß es nicht mehr so genau. Ich war selbst noch ein kleiner Junge."

Der Friedhofswärter nickte: „Der Peter war ein frommer Junge. Messdiener in St. Walburga. Soweit ich weiß, ist er Priester geworden und nach Brasilien gegangen. Warum hätte er bleiben sollen? Von seiner Familie war niemand mehr da."

Friedrich sagte lieber nichts.

„Die Mutter ist in den Sechzigern gestorben. Wenn du mich fragst: Ich wäre an ihrer Stelle auch lieber gestorben."

Friedrich gab mit einem Brummen den kleinen Schubs, den der Friedhofswärter anscheinend zum Weiterreden brauchte.

„Der alte Nossek hat erst einen Mordsradau gemacht wegen der Flutung seines Grundstückes. Das konnte auch jeder verstehen, weil mit dem steigenden Wasserpegel die Hoffnungen sanken, dass sie die Annemarie irgendwann einmal finden würden. Schließlich waren sich alle sicher, die Kleine liegt irgendwo in Immenhausen. Der Nossek hat sich mit Händen und Füßen gegen die Umsiedlung gewehrt."

„Und dann?"

„Dann hat er vom Stauwerkverein eine fette Abfindung eingesackt und ist mit dem Geld über die Sauerländer Berge verschwunden.“

„Ohne Frau und Sohn?“

„Du sagst es.“

Friedrich schluckte. Der Mann am Apfelbaum. Der Mann mit der karierten Kappe, der das Gesicht seiner Frau geküsst hat. Der hagere, fleißige Mann in Schwarzweiß sollte ein solcher Verräter sein?

„Wer hat denn die Sache damals erzählt?“

„Ach Mann, du stellst Fragen. Ich war doch zu der Zeit echt noch ein kleiner Krümel. Man hat sich das damals eben so erzählt: Der Nossek ist mit der Kohle auf und davon und hat seine Alte in ihrem Kummer um Haus und Tochter bettelarm zurückgelassen. Haben die alle erzählt.“

„Die alle ...“, wiederholte Friedrich.

„Ja, genau, die alle. Spar dir bloß die Kommentare. Damals ging alles drunter und drüber. Das musst du doch noch wissen, wenn du damals hier gewohnt hast. Die Bagger und Lastwagen, die Abrissarbeiten an der alten Staumauer und die Errichtung der neuen. Überall dröhnte und donnerte es von den Bauarbeiten. Und dann mussten noch drei Dörfer komplett evakuiert werden. Da war Chaos. Zum Glück zeigte der Sauerländer Stauwerkverein eine feste Hand bei der Sache. Und nun haben wir einen prächtigen Badesee. Und auch bei lang anhaltender Trockenheit, so wie jetzt gerade, brauchen wir mit dem Trinkwasser nicht zu sparen. Mal ganz ehrlich: Heute sind alle froh, dass der Stauwerkverein damals so rigoros durchgegriffen hat. Meschede hat dadurch nur gewonnen." Der Friedhofswärter nahm Friedrich den Zigarettenstummel ab und rührte die beiden Kippen in die trockene Erde seiner Schubkarrenladung. „Was für eine Hitze", stöhnte er. Dann stand er auf: „Aber nun mach dich dünne, okay? Ich gehe bald in Rente und da will ich es mir nicht vorher noch mit irgendwem verscherzen, weil ich mit Typen wie dir auf dem Friedhof gesehen werde."

„Danke!", sagte Friedrich und schlurfte in Richtung Kapelle, wo er Roland ungeduldig im Schatten sitzen sah.

„Hau ab!", sagte der Friedhofswärter freundlich.

Bei ihrem Gang am See entlang hatten Roland und Friedrich etliche unterspülte Fundamente und alte Treppenstufen gesehen, die wahrscheinlich seit einem halben Jahrhundert nicht mehr freigelegt worden waren. „Sind wir auf dem Mars gelandet?", hatte Roland gefragt, weil der Boden an einigen Stellen rostrot war und schwarze Baumwurzeln von weitem aussahen wie außerirdische Wesen mit dürren Armen.

Roland kratzte mit seiner Sandale über die staubige Ecke des Betonblocks. Er hatte allem Anschein nach keine Lust mehr auf Sauerland, auf Meschede und Immenhausen. Und vor allem keine Lust auf Suchaktionen an ausgetrockneten Seeufern. „Meinst du, hier sind wir richtig?“, fragte Friedrich.

„Kann sein, kann auch nicht sein.“, sagte er nun schon zum x-ten Mal. „Woher soll ich das wissen?“

Friedrich rückte ihn ein wenig weiter nach rechts: „Du hast doch hier gelebt. Kannst du dich an nichts erinnern? Weißt du nicht mehr, wo Immenhausen lag?“

„Hier sieht jetzt alles ganz anders aus. Kann sein, dass es hier war, kann aber auch nicht sein.“ Er machte Anstalten, sich auf das alte Fundament zu setzen.

„Bleib doch mal stehen!“, forderte Friedrich. Er trat einige Schritte zurück und hielt das Fotoalbum in Augenhöhe, sodass sich in seinem Blick das Schwarzweißbild über die Ansicht von Roland schob. Er kniff abwechselnd das linke und rechte Auge zu. Die Bewaldung war anders, es war kein Haus mehr zu sehen, es gab keine Apfelbäume. Doch die Linien der Hügel im Hintergrund, sogar der Verlauf des Hangs, an dem sie standen, glichen einander. „Hier muss es gewesen sein!“, sagte er schließlich und ließ das Album sinken.

„Na endlich!“, murrte Roland, obwohl er nicht viel zu tun gehabt hatte, sondern nur ein paar Mal als Größenvergleich in Position gehen musste. Friedrich ging auf seinen Kumpel zu, er wollte ihm dankend auf die Schulter klopfen, doch der Klang seiner Schritte ließ ihn auf halbem Weg stehen bleiben. Er trat barfuss in steinigen Staub. Auf den ersten Blick unterschied sich diese Stelle nicht von der restlichen Einöde ringsherum. Doch wenn er aufstampfte, klang es unter ihm hohl. Er nahm das Foto wieder hervor, schätzte die Entfernungen ab, schaute sich um. Ihn schauderte. Es war, als wäre er nun mit einem Mal inmitten seiner Geschichte gelandet. Als würde er sie nun weitererzählen. Er stand auf dem Brunnen. Das musste es sein. Die Steinumrandung, an die der fremde Junge sich für die Fotografie gelehnt hatte, gab es nicht mehr. Das Brunnenloch jedoch mussten sie damals, vor fünfzig Jahren, nicht zugeschüttet, sondern lediglich mit einer Platte abgedeckt haben. Und dort stand Friedrich nun.

Er kniete sich hin und schob mit den Händen den Steinsand zur Seite.

„Hast du Gold gefunden?“, scherzte Roland.

Friedrich antwortete nicht. Unter seinen Fingern tauchte eine graue Holzfläche auf. Er schwitzte. Die Abdeckung hatte den Durchmesser eines Autoreifens. Mit dem Taschenmesser konnte man unter den Rand gelangen und die Platte anheben. Ganz langsam, damit die Klinge nicht brach.

„Was machst du da?", fragte Roland und kam nun doch angeschlurft.

Friedrich klemmte sich die Finger, als er die Kuppen in den schmalen Spalt schob. Trotzdem hob er weiter den Deckel an. Er war zu angespannt, um Roland um Hilfe zu bitten, doch irgendwann schien sein Kumpel verstanden zu haben und fasste mit an. Erst halbherzig, dann mit der Kraft der wachsenden Neugierde.

Rostige Nägel bogen sich aus dem Holz und brachen. Die trockenen Bretter splitterten. Dann schauten die beiden Männer in ein Loch.

„Das stinkt", bemerkte Roland, und Friedrich rechnete damit, dass er sich einmal mehr aus dem Staub machte, weil es unangenehm wurde. Doch sein Freund blieb sitzen und starrte, genau wie er, angestrengt in die dunkle Öffnung. Das Grundwasser konnte man noch schwach in wenigen Metern Tiefe erkennen. Friedrich kramte seine Taschenlampe hervor, die er sonst nur zum nächtlichen Albumgucken anknipste. Der Lichtschein zeigte eine rissige Brunnenmauer, zeigte Ablagerungen, die an weiche Algen erinnerten. Und sie zeigten zweifelsohne die milchig-grauen Knochen eines Skeletts.

Sofort drehte Friedrich das Licht ab. Ein warmer Schrecken bedrängte ihn, drückte ihn ein, er konnte ein paar Augenblicke weder atmen noch sonst etwas. Roland riss ihm die Taschenlampe aus der Hand und strahlte erneut in das Innere des Brunnens. Ein menschliches Gerippe, daran gab es keinen Zweifel.

„Aber die haben doch damals sicher auch hier im Brunnen nach dem Mädchen gesucht", überlegte Roland. „Warum haben sie die nicht gefunden?"

„Weil das da unten kein Mädchen ist", sagte Friedrich und wünschte sich einen Schluck Wasser, weil sein Hals und sein Mund so trocken waren wie der Staub, in den er sich hatte sacken lassen. „Das war ein ausgewachsener Mann."

Roland schob sich weiter in die Öffnung: „Das hast du erkannt? Dass es ein Erwachsener ist und kein kleines Mädchen?"

Ja, das hatte Friedrich erkannt. Aber er fühlte sich zu schwach, um zu erklären, dass er die moderige Kappe auf dem blanken Schädel kannte. Man konnte noch schwach ein kariertes Muster unter dem grünen Bewuchs erkennen. Der schreckliche Gestank wies darauf hin, dass dieses Brunnenloch bis vor wenigen Augenblicken kaum Sauerstoff bekommen hatte, die Leiche musste dort fast wie in einem Einwegglas konserviert gewesen sein.

„Was weißt du über diesen Sauerländer Stauwerkverein?", fragte Friedrich.

„Lass uns wieder nach Bielefeld abhauen", sagte Roland und ließ den Brunnendeckel wieder auf die Öffnung fallen, fast hätte Friedrich seinen nackten Fuß darunter gehabt. „Das ist ein halbes Jahrhundert her. Und wir beide sind nicht die richtigen Typen, die in eine solche Sache verwickelt werden sollten."

„Die wussten, dass Nossek wegen seiner vermissten Tochter die Stauung des Hennesees verhindern würde, deswegen haben sie ihn umgebracht."

„So sieht es wohl aus, Kumpel. Es wird Zeit für uns ..."

„Die haben ihn tatsächlich aus dem Weg geräumt und seiner Witwe erzählt, er habe sich mit der Abfindung aus dem Staub gemacht."

„Wir sollten uns da nicht reinhängen ..."

„Und die Frau ist vor Kummer eingegangen, der Sohn nach Brasilien ausgewandert ..."

„Der Stauwerkverein hat verdammt viel Macht gehabt. Da kann sogar ich mich noch dran erinnern, obwohl ich damals ein kleiner Pimpf war. Es ging ums Trinkwasser. Damals nach dem Krieg wussten die Menschen, was Durst bedeutet."

Roland und Friedrich setzten sich auf das Fundament und blickten über den See. Ausnahmsweise trank Friedrich ein Dosenbier. „Und vielleicht haben sie noch immer so viel Macht. Manche Dinge ändern sich nie. Und du hast mit Gott und der Welt über diese Familiensache geplaudert. Hast alte Geschichten aufgewärmt. Wenn ich nur an diesen Hitzkopf mit der Trainingsjacke denke. Oder an den Stier auf dem Friedhof. Würde mich nicht wundern, wenn die uns hier in Immenhausen bereits auf dem Kicker haben. Sauerländer können ziemlich sauer werden. Wir sollten wirklich ..." Er nahm einen Schluck und wechselte das Thema. „Ab morgen soll es regnen", sagte Roland. „Stand in der Bildzeitung. Ab morgen Sintflut."

„Dann ist hier alles wieder verschwunden."

„So ist es. Und wir sollten dann ebenfalls verschwunden sein." Roland legte sich zurück und schloss die Augen, als wollte er ein Nickerchen in der Sonne machen. „Kumpel, überleg doch mal: Was willst du tun? Den Sauerländer Stauwerkverein als kriminelles Unternehmen entlarven? Wobei die Verantwortlichen von damals sowieso schon längst in der Hölle schmoren. Selbst wenn du den Sohn in Brasilien aufstöberst, was ziemlich unwahrscheinlich wäre, insbesondere wenn man wie du weder Lesen noch Schreiben kann, aber selbst wenn du diesen Priester finden und ihn über seine Familiengeschichte aufklären solltest, tust du niemandem einen Gefallen. Das Album lag nicht umsonst auf einem Flohmarkt herum. Damit wollte keiner mehr etwas zu tun haben. Also sollten wir es auch dabei belassen. Glaub mir, das ist bei Büchern nicht anders: Nicht jede Geschichte hat ein gutes Ende."

Während Roland sprach, bewegte er sich kaum, lag nur in der tief stehenden Sonne und redete. Friedrich betrachtete seinen Freund. Wahrscheinlich hatte er Recht. Dann würden sie morgen eben wieder nach Hause fahren. Wenn es regnete, schlief man sowieso besser im Asyl und nicht unter freiem Himmel. Er legte sich neben Roland auf den sandigen Beton.

Die Sonne verschwand langsam hinter den dunkelgrünen Hügeln und es wurde angenehm kühl. Der Sand auf dem Fundament machte das Liegen bequem. Der Tag war Friedrich in die Knochen gegangen, er war todmüde. Roland schnarchte bereits neben ihm. Friedrich nahm noch einmal die Taschenlampe zur Hand. Die Batterien waren fast leer, und er betrachtete die Fotos bei flackerndem Licht. Der Junge am Brunnen. Das Mädchen auf dem Rad. Der Vater mit der Schubkarre. Die Mutter mit den Händen im Schoß. Als der Schein endgültig erlosch, klappte er das Album zu und legte es sich als Kissen unter den Kopf.

Die Männer in den Trainingsjacken kamen lautlos. Zeitgleich legten sie den Landstreichern die Metallschlingen um den Hals. Die letzten Häuser von Immenhausen lagen fünfzig Meter weiter oben am Hang, dort hörte niemand das Röcheln der beiden. Jeweils zwei Männer schleppten einen Körper zum Loch. Das braune Album warfen sie hinterher. Der Brunnen war bis oben voll, sie mussten den Deckel auf die Öffnung drücken und festnageln, damit er sich nicht abheben würde, sobald das Wasser wieder stieg.

Morgen sollte es regnen. Ab morgen Sintflut in Immenhausen. Dann wäre alles hier wieder verschwunden.

Das Gewissen von Werl

Es passiert so viel Schlimmes in Werl, das glaubt man nicht. Erschütternd ist das. Und viele gehen einfach weiter, wenn wieder etwas geschehen ist, wie mit Scheuklappen immer weiter geradeaus, als wäre hier die heile Welt und es gäbe nichts Wichtigeres, als pünktlich zur Arbeit zu erscheinen oder im Fernsehen Schalke gegen BVB zu gucken.

Aber ich, der Andi Kortmann aus Werl-Büderich, ich bremse ihren Schritt. Ich zwinge sie, hinzuschauen und mitzufühlen. Das kann doch nicht sein, dass jeder sich selbst der Nächste ist und Mitgefühl nur noch ein Fremdwort. Das macht mich auch schon wieder ganz traurig.

Und jetzt geht es um Linda. Sie soll weg, hier aus Werl, aus der Hellweg-Region, aus ganz Deutschland. Weil sie angeblich zu anspruchsvoll sei. Den Bonzen ist es schnurz, dass sie hier die Beliebteste überhaupt ist. Sogar meine Mutter sagt immer, keine sei besser als Linda. Einfach unvergleichlich geschmackvoll. Da könnten man die Vorzüge ihrer modernen Nachfolgerinnen Rafaela und Bernadette noch so oft anpreisen und Linda als altbacken und fade darstellen – wenn man über all die Jahre so etwas wie ein Vertrauensverhältnis aufgebaut hat, dann hält man sich auch die Treue.

Linda ist mehr als eine Kartoffel: sie ist ein Lebensgefühl.

Heute morgen habe ich gegrübelt, nicht lang, denn die ersten Worte, die einem in den Sinn kommen, sind immer noch die mit dem meisten Gefühl drin. Ich hab also am Frühstückstisch gesessen und meine Mutter hat vorgelesen, dass die jetzt die Linda endgültig abschaffen wollen wegen irgendeines Saatgutverkehrsgesetzes, aber eigentlich ginge es doch nur wieder ums Geld. Ich bin dann gleich in mein Zimmer hoch, habe den blauen Edding 800 rausgeholt und LINDA SOLL IN ALLER MUNDE BLEIBEN auf ein zurechtgeschnittenes Stück Pappe geschrieben. Das war ein langer Satz, länger als damals, wo Schalke so knapp die Schale verpasst hat und ich meine Betroffenheit mit nur zwei Worten zum Ausdruck bringen konnte: SCHADE SCHALKE. (Obwohl ich ja eigentlich für Dortmund bin, aber bei uns in Büderich tagt immer der Schalke-Fanclub, und die taten mir einfach so leid, wie sie frustriert der Großleinwand den Rücken kehrten).

Das Plakat rolle ich vorsichtig zusammen und stecke es aufrecht in meinen Rucksack, sodass das Ende oben herausragt. Die Kerzen in den roten Plastikbechern hab ich mal im Zweihunderterpack bestellt, damit immer genügend vorrätig sind, wenn wieder mal was passiert ist in Werl. Für Linda stecke ich fünf ein. Und dann setze ich mich auf mein Fahrrad und fahre zum Schrattenhauer-Hof am Büdericher Hellweg. Denn da wohnt Franz-Josef Schrattenhauer, der ist Bauer und entwickelt Kartoffelsorten, also hat er vielleicht auch irgendwas mit den Saatgutvorschriften zu tun. Ich weiß gar nicht genau, ob er für oder gegen Linda ist, aber das ist auch egal: Man nennt ihn den Werler Kartoffelkönig, und da hab ich das Gefühl, bei ihm ist meine stille Mahnung gut aufgehoben.

Einer hat mal zu mir gesagt, ich sei das Gewissen der Stadt. Ein paar andere halten mich, den Andi Kortmann, für einen Pappkameraden. Aber mir ist es nicht so wichtig, was andere denken, denn ich muss das einfach machen, es ist meine Aufgabe im Leben. Seit damals das mit der Susanne Finke passiert ist, weiß ich, wie schlimm die Welt sein kann.

Ich kannte Susanne Finke, sie war fünf Jahre jünger als ich, die kleine Schwester eines Jungen, mit dem ich im Schützenverein Rosenkavalier und in St. Kunibert Messdiener gewesen bin. Und sie war erst elf, als man sie erdrosselt im Stadtwald gefunden hat, notdürftig zugedeckt von schmutziger Erde und Ästen. Fast zwanzig Jahre ist das jetzt her. Die Familie tat mir so leid. Zeugen gab es nicht und um DNA-Spuren hat sich damals niemand gekümmert.

Das gelbe BMX-Rad, mit dem Susanne damals im Stadtwald unterwegs war, ist niemals wieder aufgetaucht und auch von ihrer hellblauen Strickjacke und dem Rock mit den kunterbunten Blümchen fehlt bis heute jede Spur.

Damals fühlte ich mich so schrecklich, ich wollte irgendwas tun, helfen konnte ich ja sonst nicht mehr, und so hab ich im Wald am Fundort ein paar Kerzen aufgestellt und ein großes Plakat mit Edding geschrieben: WERL WIRD DEINEN MÖRDER FINDEN! Nach und nach haben andere Menschen dann Stofftiere und Blumen ringsherum gelegt, aber mein Schild war irgendwie das Zentrum der Gedenkstätte. Ein paar Journalisten knipsten Fotos davon und am nächsten Tag war WERL WIRD DEINEN MÖRDER FINDEN auf Seite eins der *Westfalenpost.* Selbst fünf Monate später im ARD-Jahresrückblick wurde das Foto noch mal gezeigt, und der berühmte Moderator war auch ganz betroffen darüber, dass der Mörder wohl ungestraft davon kommen würde.

Vielleicht klingt das komisch, aber bei all der Schrecklichkeit war ich dann doch ein bisschen stolz auf mich und mein Plakat. Jeder in Werl wusste, dass ich es geschrieben hatte. So bin ich zu meiner Aufgabe gekommen, und bis heute dabei geblieben.

Arbeit hab ich ja leider keine mehr, seit der Metallbau-Betrieb in Büderich zugemacht hat, wo ich im Lager tätig war. Mir war das sehr unangenehm, denn meine alte Firma hat ganz viel Schrott auf dem Grundstück zurückgelassen, und den musste die Stadt Werl teuer entsorgen, dabei haben die das Geld so dringend in Kindergärten und Altenheime investieren wollen. Das war mir richtig unangenehm, ich habe mich gefühlt als hätte ich da auch ein bisschen Mitschuld dran. Hab mich gar nicht getraut, ein Plakat zu schreiben.

Heute ist es windig in Büderich, besonders wenn man den Hügel hinauffährt, spürt man den Frühjahrssturm. Die knorrigen Bäume am Straßenrand wiegen ganz schön hin und her. Ich freue mich über die Bäume, wirklich, denn wenn ich an das Jammerbild denke, als die von der Stadt am Kapuzinerring die alten Buchen abholzt haben ... WERL VERMISST SEINE BÄUME hab ich geschrieben. Ich kann da jetzt immer noch nicht vorbeifahren, ohne dass mir ein kalter Schauer über den Rücken läuft.

Der Hof vom Kartoffelkönig liegt am Büdericher Hellweg, der ist neben der Bundesstraße, so etwas wie die südliche Grenze des Vorortes, und liegt weiter oben als der Dorfkern. Gegenwind und bergauf, aber ich trete in die Pedale. Einen Führerschein habe ich gar nicht. Es gibt so viele schlimme Verkehrsunfälle. Im Umkreis von zwanzig Kilometern stehen siebzehn Kreuze am Straßenrand. Da stelle ich überall regelmäßig neue Grablichter auf, auch wenn ich nur zwei von den Opfern persönlich kannte. Aber da vergeht einem schon die Lust am Autofahren. (Und von der Bahn halte ich mich übrigens auch fern. In Unna ist was passiert, da hat der Luftstrom vom ICE bei der Bahnhofsdurchfahrt jemanden mitgerissen. Von Unna nach Werl sind es zwanzig Kilometer. Ich bin trotzdem hin. GESCHWINDIGKEIT = TOD war immerhin in der „Aktuellen Stunde" im WDR kurz im Bild.)

Endlich bin ich da. Unterwegs habe ich mir schon Gedanken gemacht, wie ich bei dem Wind mein Plakat fest kriege. Der Schrattenhauer-Hof ist von einer mannshohen Mauer umgeben, die von Eisenspitzen gekrönt ist, damit niemand drüber klettern kann. Man sagt, der Kartoffelkönig ist kein geselliger Mensch. Ein Junggeselle mit krummem Rücken und knurriger Stimme, erzählt man sich. Manche fürchten sich regelrecht vor ihm. Und seit dem Brand der Ministerscheune ist er sowieso bei allen im Ort unten durch. Da ist Vis-à-vis zum Schrattenhauer-Hof die Scheune vom Minister abgebrannt, und nicht nur die Feuerwehr sondern auch das ganze Dorf war im Einsatz, um die armen Tiere zu retten. Obwohl es schon hieß, die Scheune bricht gleich zusammen, sind ein paar ganz Tapfere noch zu den quiekenden Ferkeln rein. Ganz viel Zusammenhalt und Mut war da zu spüren, ich hätte die ganze Zeit vor Rührung weinen können. Ich war so sprachlos, dass mein Edding später auf dem Plakat nur ein einfaches WARUM? zustande brachte. Als der Minister vorbeikam, hat er mir auf die Schulter geklopft und mir für die Anteilnahme gedankt. Wir waren wie eine große Familie.

Nur Franz-Josef Schrattenhauer ist bei dem Brand auf seinem Grundstück geblieben, obwohl es bloß einen Steinwurf von der Katastrophe entfernt liegt. Das haben ihm alle übel genommen.

Ich lehne mein Fahrrad gegen ein Verkehrsschild und packe meinen Rucksack aus. Vielleicht geht es, wenn ich das Plakat links und rechts mit zwei größeren Ästen verstärke und die dann in den Rasen vor der Mauer stecke. Paketkleber habe ich ja immer dabei und beim Minister liegen ein paar Zweigbündel vor dem Tor. Der Gärtner kommt zur Straße, wahrscheinlich stutzen die gerade ihre Büsche. Als er mich sieht, ruft er mit erhobenem Arm ein Hallo in meine Richtung. Ob wieder was passiert sei, will er wissen.

Ich erzähle ihm von Linda, aber er versteht mich kaum. Kommt nicht aus der Gegend, sondern irgendwo aus Osteuropa. Bestimmt hat er eine schwere Zeit dort durchgemacht, bevor er beim Minister

Arbeit und ein Dach über dem Kopf fand. Er denkt, Linda ist ein Mädchen, und kriegt einen Schreck, weil er meint, es sei wieder jemand ermordet worden. Ich kann ihn beruhigen und er gibt mir zwei kerzengerade Weidenzweige.

Ich klebe die Stäbe links und rechts ans Papier, nach unten hin stehen sie einen halben Meter über, damit kann ich sie dann ins Gras stecken. Hoffentlich regnet es nicht, dann wäre es aus mit meinem Plakat. Das wäre blöd.

Frau Kasimir kommt mit ihrem Bulli an mir vorbei, bleibt kurz stehen, fährt zurück. Sie ist Vorsitzende im katholischen Frauenverein und wir kennen uns von der Demo, als ein Zuhälter aus Dortmund das alte Haus an der B1 bei Holtum gekauft hat: KEINE SÜNDE VOR UNSERER HAUSTÜR. Frau Kasimir hat mir damals viel über das Schicksal der Prostituierten erzählt. Zwar lästerten manche, sie sei nur dagegen, weil ihr eigener Ehemann sonst in diesem Etablissement der beste Kunde würde, aber das ist böses Geschwätz. Frau Kasimir hat sich gut informiert über die Zustände: Die leichten Mädchen sind ja noch nicht einmal vernünftig krankenversichert! Ich war echt fertig deswegen. Und mein Mitgefühl als Mann habe ihr gut getan, hat Frau Kasimir gesagt. Deswegen hält sie immer kurz an, wenn sie mich sieht.

Sie liest mein Plakat und nickt ernst. Die Linda solle ruhig mal bei ihr vorbeikommen, sagt sie. Für Frauen in Not habe sie immer ein offenes Ohr. Dann fährt sie weiter. Ich glaube, ihr Bulli hat keinen Katalysator. Das ist nicht in Ordnung.

Leider ist die Grasnarbe an dem Ort, für den ich mich nun entschieden habe, ziemlich fest. Die dünnen Weidenzweige drohen zu brechen, als ich mein Plakat in den Boden rammen will. Es macht aber auch keinen Sinn, es gegen die Mauer zu lehnen, die nächste Windböe würde das gute Stück mit sich reißen. Wenn ich einen Spaten hätte, dann wäre die Sache geritzt. Ich halte Ausschau nach dem Ministergärtner, aber der ist inzwischen mit dem Traktor weit hinten auf dem Land unterwegs. Und einfach so auf das Grundstück eines Politikers traue ich mich auch nicht, auch wenn der sicher einen ziemlich guten Spaten hat.

Ein paar Schritte an der Mauer entlang entdecke ich neben einem Busch eine klapprige Holztür, die nur angelehnt ist. Diese Nachlässigkeit ist untypisch für Franz-Josef Schrattenhauer, aber vielleicht ist das ja mein Glück. Vorsichtig schiebe ich sie einen Spalt auf und spähe auf das Kartoffelkönig-Grundstück. Der Innenhof ist aufgeräumt, der ungepflasterte Boden wirkt wie geleckt, ich kann keine Kartoffel und keinen Strohhalm herumliegen sehen. Vor der Remise steht der gigantische Vollernter, mit dem Schrattenhauer im Sommer über die Felder rattert. Unter dem Scheunendach sind Rollsternhacke und Dammfräse ordentlich verstaut. Das Wohnhaus aus gepflegtem Fachwerk sieht etwas schmucklos aus. Ich mag es ja gern, wenn die Bauern so bunte Windspiele in ihre Blumenkästen stecken oder liebevolle Blumenkränze als Willkommensgruß an der Eingangstür hängen haben. Aber hier gibt es so etwas nicht, das war zu erwarten. Schließlich ist Schrattenhauer ein Eigenbrötler, der nicht gern Besuch bekommt, warum also sollte er seinen Hof einladend gestalten?

Ich will schon wieder zurück auf die Straße, da sehe ich nur ein paar Schritte entfernt an der Innenseite der Mauer neben Hacken, Schaufeln und Rechen auch einen blitzblanken Spaten stehen. Den könnte ich gebrauchen, der sieht so aus, als habe er auf mich gewartet. Und weil ich ja wirklich nichts Schlimmes vorhabe und ihn auch ganz bestimmt gleich wieder zurückstelle, erlaube ich mir, durch die Holztür zu schleichen. Wahrscheinlich ist sowieso keiner da. Im Carport steht kein Auto und hinter den Fenstern ist es dunkel. Trotzdem klopft mein Herz so schnell, dass ich an unseren Nachbarn denken muss, der schon mit zweiundvierzig an einem Herzinfarkt gestorben ist und neben seiner Witwe drei kleine

Kinder hinterließ, eines davon hatte auch noch Neurodermitis. WERL LÄSST EUCH NICHT ALLEIN – die Witwe hat das Plakat ins Altpapier geschmissen und mich gebeten, die Kerzen von ihrer Küchenfensterbank zu räumen, weil es sie störte. Sie hat wohl ein ganz kaltes Herz, diese Frau, schon elf Monate später hat sie dann den Briefträger geheiratet und ist aus Büderich weggezogen.

Der Spaten liegt gut in der Hand, damit wird es gehen. Doch als ich mich umdrehe, schaue ich in zwei dunkelbraune Augen, die mich böse anstarren, keine zehn Meter entfernt. Das Knurren muss ich wohl überhört haben. Die gewaltigen Reißzähne liegen unter den hochgezogenen Lefzen frei. Das bedeutet offensive Angriffslust, habe ich mal beim Tierschutzbund erfahren, als ich da war wegen einer misshandelten ...

Au Backe, der Hofhund ist nicht angeleint und kommt auf mich zugerannt. Ein Kampfhund, ein Staffordshire Terrier, so einer, wie damals in Hilbeck, der den kleinen Jungen so schrecklich ... Nein, keine Zeit, die schlimme Geschichte kann ich später erzählen. Jetzt muss ich wirklich zusehen, dass ich vor diesem Tier Reißaus nehme. Ich habe den Spaten noch in der Hand, aber Mensch, ich kann doch kein Tier schlagen!

Dummerweise hat der Hund mir den Weg zur

Holztür abgeschnitten, also muss ich woanders hin, und zwar schneller, als ich jemals in meinem Leben gerannt bin. Ich spüre den Raubtieratem an meiner Wade und höre sein Bellen, laut und böse – wahrscheinlich hat der Hund noch nie einen Menschen erlebt, der sich liebevoll um ihn gekümmert hat, immer nur Prügel und Schimpfe, möchte ich wetten, sonst wird ein Tier doch nicht einfach so aggressiv.

Neben dem Wohnhaus ist ein heruntergekommenes Wirtschaftsgebäude. Gott sei Dank ist die Schiebetür offen, ich kann mich in letzter Sekunde hindurchzwängen, aber ein bisschen von meiner Stoffhose kriegt die Kampfmaschine dann doch zu packen, und ich brauche meine ganze Kraft, um mich loszureißen. Die gute Hose, Mutter wird schimpfen. Die Tür geht elend schwer, ich schmeiße mich dagegen, aber sie hakt in der Schiene und jeder Zentimeter, den die Lücke kleiner wird, dauert eine gefühlte Ewigkeit. Die Hundeschnauze sitzt im Spalt, der Fetzen meines Hosenbeins hängt am Eckzahn, Sabber tropft aus dem Maul, da kann ich gar nicht hingucken.

Stickige Luft ist hier drinnen und das bisschen Licht, das durch die schmale Türöffnung ins Innere dringt, zeigt ein Durcheinander, das gar nicht zu dem peniblen Innenhof passt. Da sehe ich vollgestopfte, schwarze Tüten und einen alten Schlitten, eine verbogene Wäschespinne und rostige Sensen. Und ein gelbes BMX-Rad.

„Hektor, was ist los, du Höllenköter?“, höre ich eine Stimme über den Hof schmettern. Mir wird augenblicklich schlecht vor Angst. Nur noch eine Handbreit steht die Tür auf, aber ich kann sehen, der Schrattenhauer kommt auf mich zu. Seine graubraune Hose schlottert ihm um die Beine und in seinem Gesicht ist nicht die kleinste Spur Freundlichkeit zu erkennen. Ein Mann zum Fürchten, wirklich.

Der Hund läuft nun aufgeregt zum Herrchen und wieder zurück zum Schuppen, sein Bellen ist unterbrochen von einem hysterischen Kieksen, weil der Kläffer total aufgeregt ist, weil er wahrscheinlich glaubt, einen Einbrecher geschnappt zu haben. Jetzt erwartet das geschundene Tier ein Lob und ein Leckerli.

Und was erwartet mich? Flüchten kann ich nicht. Selbst wenn der Schuppen einen Hinterausgang hätte, würde ich ihn niemals erreichen, es sei denn, ich könnte einen Fünf-Meter-Sprung über den Sperrmüllhaufen machen. Ich bin ausgeliefert. Am Ende.

„Was machst du denn hier?“, dröhnt der Kartoffelkönig, der so stark ist, dass er die verrottete Tür mit dem kleinen Finger aufzuschieben scheint. Ich bin geblendet von dem Licht oder vor Angst, jedenfalls hebe ich schützend meinen Arm über die Augen, als er mich von oben bis unten mustert. Den Spaten verstecke ich hinter meinem Rücken.

„Bist du nicht diese Pappnase? Dieser Andi Kortmann?"

„Guten Tag, Herr Schrattenhauer", sagt meine zittrige Stimme.

In seinen Gummistiefeln macht er einen Siebenmeilenschritt auf mich zu: „Was in Dreiteufelsnamen hast du Obertrottel auf meinem Grundstück verloren?"

„Ich ... brauche einen Spaten." Besser immer bei der Wahrheit bleiben, sag ich mir im Stillen. Ich bin unsicher genug, wenn ich mich jetzt noch in Lügen verstricke, dann ...

„Und warum suchst du den ausgerechnet hier?"

„Ich wollte ein Schild aufstellen."

„Bei mir?" Ihm scheint diese Idee überhaupt nicht zu gefallen, denn er tippt sich an die Stirn.

„Wegen der Linda. Die soll doch ..."

„Und was hab ich damit zu schaffen?"

„Sie sind doch der Kartoffelkönig, sagt man in Werl."

„Schwachsinn." Er schnaubt wie ein Stier. „Aber ich weiß, was du bist. So ein arbeitsloses Müttersöhnchen, oder nicht? Katastrophentourist, soweit ich gehört habe. Kannst du nicht mal was Anständiges machen?"

„Das ist sehr anständig!“, verteidige ich mich und meine Stimme gewinnt wieder an Stärke. „Ich mache die Menschen hier aufmerksam auf all das Schlimme ...“

„Papperlapapp!“, unterbricht er mich sehr unfreundlich. „Du geht den Menschen hier auf den Sack. Mehr nicht.“

Ich habe keine Ahnung, wie dieser Unmensch das behaupten kann, wo er doch überhaupt keine Sozialkontakte hat, aber mir fällt kein passender Satz ein. Und ich will ihn nicht unnötig reizen.

„Überall deine Scheißplakate. Hast du Idiot nicht sogar eins bei der Mumie im *Forum der Völker* aufgestellt? Und dann ist der Feuermelder im Museum losgegangen.“

Woher kennt er diese Geschichte? Das muss ihm jemand erzählt haben. Damals hat man sich über mich lustig gemacht. Das hat mich ganz schön verletzt. Und immer wieder muss ich mich dafür rechtfertigen.

„Das Mädchen in dem Sarkophag war aber auch ein Mensch, der mal fröhlich gewesen ist und was gefühlt hat ...“

„Vor mehr als zweitausend Jahren, du Depp!“

Ich lasse die Schultern hängen. Mann, ist der gemein.

„Ich bin aber trotzdem von ihrem Schicksal betroffen. Sie war erst vierzehn, als sie gestorben ist. Nur zwei Jahre älter als die Susanne Finke ..."

Auf einmal wirkt er nicht mehr so angsteinflößend, scheint tatsächlich zu schrumpfen, selbst der Köter hält endlich seine Schnauze. „Wie kommst du denn jetzt auf Susanne Finke?", fragt er – wie ich finde – kleinlaut.

Ich zeige auf das Fahrrad: „Zwei Wochen hat die Polizei damals danach gesucht."

„Das habe ich vor Jahren mal bei der Kartoffelernte in meinem Acker gefunden."

Ich umklammere hinter dem Rücken den Griff des Spatens.

Er holt tief Luft, seine Hand hebt sich langsam: „Willst du damit sagen, du denkst, dass ich ...?"

Er kommt näher, und ich finde, es sieht ziemlich bedrohlich aus.

„Du elende kleine Kröte, du ..." Der Schritt, den er jetzt macht, ist ein Schritt zu viel. Also hole ich aus.

Die silberne Spatenfläche hinterlässt eine schnurgerade Delle auf seiner Stirn. Das Geräusch, das entsteht, als er auf ein paar leere Eimer knallt, ist ganz furchtbar. Und der Hund haut ab, ich glaube, der hat Angst vor mir.

Wahrscheinlich ist er schon mal von seinem bösen Herrchen mit einem Spaten geschlagen worden, deswegen macht er sich nun vom Acker. Ist schon schlimm, zu was die Menschen so in der Lage sind.

Ich werfe den Spaten neben den Schrattenhauer. Tote tun mir immer ganz besonders leid. Was werde ich auf mein Plakat schreiben? Mir fällt nichts ein.

Dann höre ich Schritte und schaue auf, der Minister kommt über den Hof. Kommt wohl gerade vom Landtag, jedenfalls trägt er Anzug und Krawatte. Er sagt, der Hund sei ihm aufgefallen, und nun wolle er doch mal gucken, was denn hier los sei.

Ich muss weinen, als ich die ganze Geschichte erzähle, von dem Hund und dem Fahrrad, und dass der Schrattenhauer die Sache mit der Susanne zugegeben hat, mit allen Details, bevor er auf mich los ist, und dass ich in Notwehr gehandelt habe. Der Minister ist total verständnisvoll und wählt mit seinem Handy die Notrufnummer. Dann lobt er mich, weil ich ja den Mörder von dem Mädchen gefunden habe, das wäre eine echte Heldentat. Dann hätte ich wohl mein Plakat-Versprechen WERL WIRD DEINEN MÖRDER FINDEN nie vergessen und nach so langer Zeit endlich eingelöst. Dabei klopft er mir auf die Schulter und ich habe das Gefühl, dass wir beide ganz dicke miteinander sind.

Die Sanitäter kommen schnell, und sie wollen mir was zur Beruhigung geben, aber ich lehne ab.

Geht schon wieder, sag ich ihnen. Zur Polizei muss ich erst später, verabrede ich. Die Beamten sehen das ein, später ist noch früh genug. Ich solle mich erst einmal ausruhen, nach dem, was ich durchgemacht hätte. Der Minister sagt zum Kommissar, da brauche man sich keine Sorgen machen, auf den Andi Kortmann sei Verlass, der komme pünktlich ins Revier.

Ich stelle noch schnell mein LINDA-Plakat auf, dann radle ich nach Hause. Mama nimmt meine Hose, meckert nur ein bisschen wegen dem Loch, schmeißt alle Klamotten in die Waschmaschine und sucht schon mal einen passenden Flicken im Nähkörbchen.

Ich gehe also in Unterhose nach oben in mein Zimmer.

Das passt gut. Ich muss mich nach all der Aufregung ein bisschen entspannen. Und das kann ich am besten, wenn ich dabei die hellblaue Strickjacke und den Rock mit den kunterbunten Blümchen trage.

Promille

Es ist 15.30 Uhr. In Monschau scheint die Sonne. Ich stelle mein Bike am alten Bauwagen ab. Dahinter sitzen schon ein paar Freaks auf Campinghockern und essen Ölsardinen. Soll die Magenwände schmieren und den Alkohol verträglicher machen. Haben angeblich schon unsere Großväter so gemacht. Ich stehe nicht auf Hausmittelchen.

Setze mich neben Frederic. Er stinkt auch nach Fisch. „Hi!“, sagt er. „Auch wieder dabei?“

Er freut sich nicht, mich zu sehen, und er bemüht sich auch nicht, dieses Missfallen zu verbergen. Genau wie die anderen, die sich mit fischöligen Händen Zigaretten drehen und mir nur kurz zunicken. Sie wissen, dass ihre Chancen sinken, wenn ich mit von der Partie bin. Vor allem, seitdem *Tetanus* außer Gefecht ist.

Es ist 15.31 Uhr. Und heute geht es um viel Geld.

Arne schleppt die Dosen ran. Fünf Paletten echtes Halbliterbier, gesponsert von *Trink Gut.* Der Gewinn kommt direkt von der Nordeifeler Brauerei. 5000 Euro, soviel gab es noch nie. Deswegen mache ich mit. Obwohl ich damals gesagt habe, dass ich mich in Zukunft von solchen Sachen fernhalten würde. Nachdem diese Sache mit *Tetanus* passiert ist, habe ich die Finger von den Wettbewerben gelassen. Aber so eine Summe? Ich will im Sommer bei den Amateur-Motorradmeisterschaften auf dem Nürburgring starten, das war immer mein Traum, aber bislang konnte ich mir das Startgeld nicht leisten. Da brauche ich auf jeden Fall noch Taschengeld. Und bislang bin ich fast ungeschlagen im Dosenstechen.

Ich höre, wie Frederic einem Neuling meinen Namen zuflüstert. *Piranha* heiße ich in diesen Kreisen, weil ich die Löcher mit den Zähnen ins Weißblech beiße. Meinen wirklichen Namen kennt keiner. Genau wie mir die Teilnehmer eigentlich fremd sind. Ich saufe nur mit ihnen um die Wette.

Ich weiß auch bis heute nicht, wie *Tetanus* in Wirklichkeit hieß.

Es ist genau 16 Uhr. Dreizehn Teilnehmer, davon fünf Neue, gegen die ich noch nie angetreten bin.

Wir stechen die Löcher unten in die Nähe des Dosenbodens, setzen die Lippen an, ziehen den Deckel ab und Prost! Die ersten fünfhundert Milliliter sind die schlimmsten. Da denkst du schon nach ein paar Schlucken, du müsstest brechen. Aber die Grenze des Machbaren ist noch lange nicht erreicht. Und obwohl es widerlich ist, ich finde es auch faszinierend, wie viel in so einen Menschen reinpasst, und dann noch in dem Tempo. Ich lasse mir immer Zeit für die erste Dose. Die Konkurrenz sticht schon wieder, während ich noch an der Hälfte schlucke.

Es ist 16.04 Uhr. Die Zweite zischt. Ich denke an *Tetanus.* Er war der Einzige, der mich jemals besiegt hat. Er war der Einzige, gegen den das Trinken Spaß gemacht hat, eine Herausforderung gewesen ist, vielleicht sogar ein Sport. Er hat in 60 Minuten elf Dosen getrunken. Ich hatte mich bei der neunten verabschiedet. Fünfeinhalb Liter in einer Stunde waren der ungebrochene Rekord. Ich werde *Tetanus* deswegen auf ewig bewundern. So was schafft man eigentlich nicht. So was ist anormal.

16.12 Uhr. Arne und Frederic sind schon bei Dose Nummer vier. Die haben sie nicht alle. Langsam müssten die doch auch geschnallt haben, dass es nichts bringt, wenn man zu schnell ist. Sie sind Sprinter. Ich Langstreckensäufer. Mir schmeckt schon das dritte Bier nicht heute. Ich bin wohl zu lange weg gewesen. Mein Kopf macht komische Geräusche. Ich sollte aufhören. Aber es geht um so viel Geld. Scheiße noch mal. So viel Asche. Ich denke an meine Maschine und den Nürburgring. Für die Ehre mache ich das schon lang nicht mehr. Welche Ehre? *Tetanus* war zur Seite gekippt und hat gezuckt, als stünde er unter Strom. Die Kotze war ihm aus der Nase herausgelaufen. Sein Körper hatte sich zusammengekrümmt, er hat ausgesehen wie ein Klappmesser. Wir haben versucht, ihn gerade hinzulegen. Aber das war unmöglich. Apallisches Syndrom, hat später das Notarztteam gesagt. Wachkoma mit Spastik durch irreparablen Hirnschaden, haben die schon behauptet, als sie *Tetanus* noch nicht mal ganz in den Krankenwagen geschoben hatten. Wenn er überlebt, könne er bis ans Ende seiner Tage so krumm bleiben. Ich weiß noch, ich habe gehofft, dass er stirbt. Wer will schon die Ewigkeit in einer so widerlichen Stellung verharren?

Halb fünf. Sechstes Bier. Mir ist schlecht. Einer von den Neuen hat schon gekotzt. Arne und Frederic haben nachgelassen, wir haben jetzt Gleichstand. Mir ist schlecht. Irgendwas stimmt nicht. Das Bier schmeckt beschissen. Mir ist schlecht.

Irgendwas stimmt nicht.

Sechs Bier sind doch so gut wie gar nichts.

Oder? Bin ich breit. Verdammt.

Kann die Uhr nicht mehr erkennen. Auf einmal. Keulenschlag und Scheiße. Siebtes Bier. Muss aufstoßen. Denke an *Tetanus.*

Wir hätten ihm helfen sollen ... Wir haben ihn ein-

fach liegen lassen … War er nicht so was wie ein guter Kumpel? … Er hat sich tot gesoffen. Aber das waren auch nur sieben Bier … Sieben Bier sind doch so gut wie gar nichts …

Was ist los? War ich eben weggetreten? Die beiden Idioten sind die einzigen außer mir, die noch ’ne Dose am Hals haben. Was ist mit dem Geld? Soll ich drauf spucken?

Ich beiße ins Blech. Siebte Dose.

Ich bin *Piranha.*

Ich bin der ungeschlagene König

im Dosenstechen. Ich …

Werde …

mit meiner Maschine …

über den Ring heizen …

wenn das hier zu Ende …

ist …

Mein Gott, ist mir heiß!

Tetanus fährt neben mir. Wir haben beide neue Maschinen. Unsere Räder preschen über den Asphalt. Vielleicht ist es auch ein Spiegel. Wasser. Keine Ahnung. Er ist schön. Alles total easy.

Die anderen haben uns Ethanol in die Dosen gespritzt, sagt Tetanus. Deswegen sind wir beim Trinken so schnell an unsere Grenzen gekommen – und darüber hinausgeflogen. Wir haben das nicht gemerkt bei dem ganzen Bier und dem Tempo. Wir haben das Zeug getrunken wie Wasser. Aber es war reinstes Feuer in den Dosen.

Die anderen denken, sie haben jetzt gewonnen. Weiß der Kuckuck, was die mit dem Geld machen. Ist uns egal.

Tetanus und ich fahren über den Ring. Wir sind Sieger. Wir berühren die Erde nicht. Wir kennen keine Grenzen. Wir haben keinen Durst.

Luftveränderung

In der Nacht vor dem Tag an dem Marita verschwand, schlief sie schlecht. Jeder rasselnde Atemzug kostete Beeke enorme Anstrengung, sie hatte das Gefühl, ihr Leib sei zum Zerreißen gefüllt mit ätzender Luft, die sich in ihren Lungen festhakte und ihren Oberkörper beinahe zum Platzen brachte. Mehr als einmal setzte sie sich schwach und sterbensmüde im Bett auf und wenn dies keine Besserung brachte, dann hangelte sie sich an der weißen, kühlen Wand entlang zum geöffneten Fenster und presste ihre Lippen durch den schmalen Spalt hindurch zur frischen Luft, da sie nicht mehr in der Lage war die alten Scharniere im Holz zu öffnen.

Ihre Augen waren nur noch geschlossen und wenn Beeke ihre Lider doch einmal bis zur Hälfte hinauf schob, dann nur, um ihr Inhaliergerät zu suchen, das Gott sei Dank immer griffbereit auf dem bunt bemalten Eichenschränkchen neben ihrem Bett lag. Sie warf einen kurzen Blick hinüber zum breiten Ehebett in der anderen Ecke des Raumes, das karierte Kopfkissen mit dem Knick in der Mitte erhob sich unberührt von der Tagesdecke, Papa war nicht da, mal wieder nicht. Er hatte sicher sein Handy dabei, doch wie konnte er ihr schon helfen? Wenn Beeke zu Hause in der Nacht einen Asthmaanfall hatte, dann saß stets Mutti an ihrem Bett und schaute sie mit besorgtem Blick an, hielt ihre Hand und seufzte, während Papa seinen wohlverdienten Schlaf bekam, er musste morgens schließlich früh aus dem Haus und arbeiten. Mutti war immer für sie da. Doch was nutzte es ihr hier in Saalhausen im Sauerland? Beekes Mutter war zu Hause in Bremerhaven geblieben.

Irgendwann in der Nacht verwandelte sich das panische Luftholen in ein resigniertes oberflächliches Atmen und sie schlief ein. Nicht tief und fest wie ein elfjähriges Mädchen es zum Großwerden gebraucht hätte, eher wie ein Abtauchen in Traumfetzen, in denen sich die fremde Umgebung, die Angst vor dem Ersticken und der Verdacht gegen ihren Vater zu einem beunruhigendem Morast vermischten, der sich träge auf ihre Gedanken legte.

Sie träumte vom Gasthof gegenüber, hinter dessen Gartenpforte ein lauter Kettenhund bellend seinen Speichel bis zur Straße spukte. Beeke wollte hinein und sehen, welche Heimlichkeiten diese merkwürdig schöne, dunkelhaarige Marita und ihr Vater austauschten, wenn sie beide den Köter ignorierend hinter der grünen Stalltür verschwanden. Doch sie wagte es nicht, denn sie konnte selbst ihren Angstschweiß riechen, der dem Hund signalisierte, dass sie ein leichtes Opfer war.

Und so blieb sie auf der engen Straße stehen und sah Maritas Mann dabei zu, wie er grimmig und begutachtend die Plastikwannen mit Fleisch aus dem Schlachterauto hievte. „Heute gibt 's frische Pfefferwurst, meine Kleine“, rief er dann und winkte sie mit seinen großen, grauen Händen zu sich herüber. „Kommst du zum Essen mit dem Vater? Wird dir gut tun, Kleines! Hausgemachte Rindswurst, schau', das Fleisch wurde eben erst geliefert.“ Und dann drehte er die Ware in ihre Richtung und sie sah genau hin, erkannte Adern und Sehnen und roch das Blut und den Saft, der aus dem Fleisch auf die Straße tropfte. Sie wollte sich schnell umdrehen und fort rennen, so schnell und leicht, wie die anderen Kinder auf der Welt es machten, doch sie steckte fest in ihrer Hülle aus Krankheit und den Ermahnungen der Mutter. „Streng dich nicht zu sehr an, Beeke, mach langsam, sonst bleibt dir die Luft weg.“

*

Als sie am frühen Morgen aus diesem Alptraum erwachte, brannten ihre Lungen anklagend, so als wäre sie vielleicht doch ein Stückchen gerannt und hätte nun die Bestrafung für diese Unvernunft erhalten.

„Gut geschlafen, mein Schatz?“, kam Papas Stimme aus seinem zerwühlten Kissen. „Die Luftveränderung scheint dir gut zu tun. Du siehst richtig frisch und sonnig aus."

Beeke nickte nur. Sie wollte ihm die gute Laune nicht verderben, die er seit ihrer Ankunft in Saalhausen zur Schau stellte. Ihr Vater, der sah nach einer Woche hier richtig frisch und sonnig aus, daran gab es keinen Zweifel. Er aß immer die doppelte Portion, wenn sie mittags im Sonnenschein an den Plastiktischen bei Marita und ihrem Mann Platz genommen hatten. Und Beeke durfte sich stets zum Nachtisch aus der großen Tiefkühltruhe hinterm Tresen ein Eis aussuchen, egal wie groß und egal wie teuer. Mutti hätte geschimpft, mit ihrem Vater genau so wie mit ihr: „Gesunde Ernährung kann nur sinnvoll sein, wenn sie konsequent ist!" Zu viel Fett, zu wenig Vitamine, dann das Bier aus der benachbarten Brauerei, welches Vater täglich trank, und sie bekam eine große Spezi ... Es war gut, dass Mutti weit weg war. Ein Zwinkern aus Papas Augen, sie waren zwischen hell auf der sonnengebräunten Haut abhebenden Lachfältchen gebettet und strahlten wie noch nie. Dies war das Zeichen zwischen ihnen, dass sie zu Hause nie ein Wort über ihr inkonsequentes Leben hier verlieren sollten.

„Lust auf ein belegtes Brot?", fragte Papa aus dem Badezimmer.

„Bütterken heißt das hier", sagte Beeke laut aber kraftlos, ihr Atem war noch immer wund und ausgeleiert. Alles hier war ganz anders als zu Hause. Die Häuser waren schwarzweiß statt rot, die Wege gingen auf und ab statt geradeaus. Und die Kinder, die sie in den letzten Tagen kennen gelernt hatte, waren ihr furchtbar fremd, lachten über andere Sachen, spielten andere Spiele, und wenn Beeke endlich verstand, was sie von ihr wollten, dann waren sie mit ihren braunen, kräftigen Beinen schon längst über die sattgrünen Wiesen davon gerannt und sprangen steile Abhänge hinunter ohne zu weinen, wenn sie sich das Schienbein am Gestein aufrieben. Vor allem wegen der traumhaften Ponys auf der Weide hinter Maritas Gasthof tat es Beeke Leid, dass sie nicht so war wie die anderen. Die ritten auf den braun-weiß geschecken Rücken an der Lenne entlang, und wenn ihnen zu heiß war, dann zogen sie sich ihre T-Shirts aus und sprangen ins Wasser. Und sie, Beeke, blieb zurück, war allergisch gegen all das Getier ringsherum und konnte den Vater mal wieder nicht finden, weil er mit Marita am Kettenhund vorbei verschwunden war.

Sie blickte aus dem Fenster hinab auf den Gasthof gegenüber, wo Maritas Mann gerade große, blaue Plastiksäcke im Laderaum seines riesigen Autos verschwinden ließ. Ihr kam der schlechte Traum wieder in den Sinn und sie merkte, dass sich ihre Bronchien bei diesem Gedanken hysterisch verkrampften.

Papa kam in Unterhose aus dem Bad und grinste: „Also dann Bütterken. Rennst du schnell zum Bäcker und holst frisches Brot?"

„Ich kann nicht rennen ..."

Er verdrehte die Augen, Beeke hasste ihn, wenn er das tat. „Du hast es doch noch nie versucht."

Beeke schnappte sich sein Portemonnaie, öffnete mühsam die schwere Wohnungstür und ging langsam die Stufen zum Hof hinab. Flatternde Hühner ließen ihr Gefieder fliegen und sie spürte gleich, dass all die Bakterien und Allergene in ihre Nase drangen und sie von innen vergifteten.

Maritas Mann war immer noch beim Verladen. Da auf ihrer Straßenseite kein Gehweg war, musste Beeke hinübergehen und direkt an ihm vorbei. Er wuchtete die Tüten auf die Laderampe, glitschig und wabernd ließen sie sich in die letzte freie Ecke des Wagens quetschen, doch als er die Tür zuknallte war es wohl doch ein bisschen zu eng gepackt und einer der Säcke platzte auf. Schleimige Fleischreste quollen hervor und hellrosa Saft floss die Plastiktüte hinunter.

„Verdammte Scheiße", fluchte Maritas Mann, dann bemerkte er Beeke und lächelte entschuldigend. „Soll nicht wieder vorkommen, junge Dame aus dem hohen Norden. Aber heute ist ein Tag zum Hühner melken, sagen wir Sauerländer immer." Er lachte schallend.

„Das sagen wir Norddeutschen auch," sagte Beeke leise im Vorübergehen. Sie bemerkte, dass ihre Schritte ein wenig schneller waren, als es ihr gut tat. Der Traum ...

„Wichtken, wenn du meine Marita siehst, sie soll schnell kommen und mir hier beim Wegputzen helfen. Ich habe sie heute noch nicht gesehen", rief er ihr hinterher. Beeke schaute sich noch einmal kurz um und nickte, und irgendwie hatte sie das Gefühl, dass er mehr schwitzte, als es bei den morgendlichen Temperaturen nötig gewesen wäre.

„Die Marita ist weg", sagte sie dann zu ihrem Vater, als sie sich an den gedeckten Frühstückstisch setzte und das Brot aus der Tüte holte.

Sie sagte es lediglich, weil sie auf seine Reaktion gespannt war. Zu diesem Zeitpunkt wies noch nichts darauf hin, dass Marita nie wieder zurückkommen würde.

*

Der Gasthof gegenüber blieb geöffnet, Beeke und ihr Vater kehrten dort weiterhin täglich zum Mittagessen ein, obwohl Marita nicht mehr dort war und ihr Mann statt ihrer eine ziemlich alte Aushilfe aus dem Nachbardorf eingestellt hatte, die das Essen meist lauwarm auf den Tisch brachte. Nur wenige Tage vor ihrer Abreise fiel Beeke zum ersten Mal auf, dass es ihr tatsächlich besser ging: Von Stunde zu Stunde tankte sie mehr frische, glasklare Waldluft in ihren Körper, das Blut in ihren Adern schien zu sprudeln vor Sauerstoff und auf dem morgendlichen Weg zum Bäcker hüpfte sie von einem Bein auf das andere. Wenn Mama sie so sehen könnte ...

Papas anfänglicher Übermut war einer Ausgeglichenheit gewichen, wie sie es bei ihrem Vater noch nie gekannt hatte. Er blieb nun abends bei ihr in der Ferienwohnung und las, nur ab und zu sagte er ihr Bescheid, wenn er noch ein Bier im Gasthaus gegenüber trinken wollte, und dann setzte er sich direkt ans Fenster, so dass sie ihn sehen konnte, wenn sie hinunterblickte.

Das Schönste aber war, dass er sie am vorletzten Tag an die Hand genommen hatte und sie gemeinsam am kläffenden Kettenhund vorbei zur Pferdekoppel gegangen waren, wo sie das hübscheste Pony der Welt sanft und mutig über die Mähne streichelte.

„Magst du es?“, fragte Papa und erhielt ein strahlendes Nicken als Antwort. „Es heißt ‚Energie‘, das weiß ich von Marita", fügte er leise und geheimnisvoll hinzu.

„Wo ist Marita? Weißt du es?"

Papa zuckte die Schultern. Beeke erkannte, dass diese Geste weder ein Ja noch ein Nein zu bedeuten hatte und traute sich nicht weiter zu fragen, obwohl es sie dringend interessierte.

„Ich habe noch etwas Wichtiges zu erledigen, mein Schatz, kann ich dich ein wenig allein lassen? Bleib doch solange hier!"

Papa wartete ihre Antwort nicht ab, er ging hastig zur Straße, der Köter sprang beinahe bis an seine Waden und Beeke konnte jedes einzelne Kläffen in ihren Nackenhaaren spüren, die sich zu elektrisierter Gänsehaut aufgestellt hatten. Weshalb ließ er sie allein?

„Papa", rief sie stumm, doch der Hund schien sie gehört zu haben, denn er warf sich nun in ihre Richtung gegen die Kette und seine Augen traten hervor, so dass sie das Weiß und das Blutrot hinter den Lidern hervortreten sah. Ihre Lungen waren innerhalb von Sekunden lahm gelegt, nahezu funktionslos ließen sie nur tröpfchenweise die Luft hereinrinnen, gerade noch genug, um starr vor Schreck stehen zu bleiben und kalten Schweiß zu produzieren. Es ist aus, dachte Beeke, ich werde hier sterben, kurz nach dem schönsten Augenblick in meinem

Leben, wo ich ein weiches Pony unter den Handflächen gespürt habe, werde ich einfach sterben. Aufhören zu atmen und langsam zu Grunde gehen wie ein Ballon, aus dem die Luft durch ein winziges Loch entweicht, bis eine lederne, schlaffe Hülle in sich zusammensinkt.

„Er hat bloß Hunger", hörte sie die raue Stimme von Maritas Mann zu sich durchdringen. Dem knirschendem Geräusch, das ein schwerer Blecheimer macht, wenn er auf festgetretene Erde gestellt wird, folgte ein saftiges Schmatzen, erst dann bemerkte Beeke, dass das Bellen verstummt war. Sie öffnete die Augen, von denen sie gar nicht gewusst hatte, dass sie geschlossen gewesen waren.

„Wolfi kriegt immer die Reste vom Schlachten, er ist ein Nimmersatt!" Maritas Mann kam langsam auf sie zu. Beeke konnte ihr Atmen nur als surrendes, schmerzhaftes Auf und Ab des randvollen Brustkorbes ausmachen, die Luftmenge, die sie dadurch erhielt, war gleich null.

„Magst du das Pony? Es ist bei uns geboren worden, vor vier Jahren. Meine Frau Marita hat es der Mutterstute selbst aus dem Leib gezogen. Ein Prachttier, oder nicht?"

Beeke griff taumelnd hinter sich, ihre zitternden Finger fanden das raue Holz des Pferdegatters und sie konnte sich dadurch ein wenig stützen. Hilflos zog sie ihre verkrampften Schultern in die Höhe, um so noch etwas Raum im Leib gewinnen zu können. Luft ... Luft ...

Maritas Mann schien nichts von ihrer Not zu bemerken. „Willst du wissen, wo sie ist? Meine Frau, meine ich. Sie ist verschwunden, seit zwei Wochen, weißt du? Ich bin ganz schön aufgeschmissen ohne sie, verdammt noch mal ..." Er sah Beeke erschrocken an: „Oh, entschuldige, du erwischt mich auch immer beim Fluchen. Ich bin ein frommer Mensch, weißt du, und diese gottlose Flucherei passt eigentlich gar nicht zu mir. Aber seit meine Frau fort ist, erwische ich mich immer häufiger dabei ..."

Er packte sie beim Arm, fast ein wenig grob, doch Beeke konnte sich nicht wehren, als er sie hinter sich her zog. Kopfschüttelnd und vor sich hin murmelnd führte er sie ins Haus, genau durch die grüne Stalltür, hinter der Vater immer mit Marita verschwunden war.

Beekes Schleimhäute nahmen sofort den beißenden Geruch von Salmiak auf und die Luft, die ganz dick zu sein schien von Heu und Stroh und Tierhaaren, legte sich ätzend auf die letzten freien Atemwege. Beeke versuchte zu sprechen, wollte dem hastenden, mürrischen Mann irgendwie zu verstehen geben, dass sie nicht weiter konnte, dass sie gleich sterben würde. Doch es war keine Luft übrig, die ihre Stimmbänder zum Schwingen hätte bringen können, also ließ sie sich von Maritas Mann verschleppen, beinahe durch den Viehstall schleifen, sie war ganz allein mit diesem Schlachter, diesem blutbesudelten Fremden und konnte noch nicht einmal schreien. Endlich stieß er eine Tür am Ende des Stalles auf, weiße Kacheln glänzten sauber und sie freute sich auf ein bisschen Sauerstoff.

Sie waren im Schlachtraum. Beeke erkannte es an den monströsen, blanken Haken und den wässerigroten Spuren, die wie kleine Ströme über den Fußboden liefen und in ein Abflussgitter mündeten. Ihr war sofort kalt in diesem Raum und fast meinte sie ihr Zähneklappern von den sterilen Wänden abgeschmettert zu hören.

Und dann blieb Maritas Mann stehen, er drehte sich um und schaute sie durchdringend an, so, als wären sie an dem Platz angekommen, wo die Lichtverhältnisse optimal waren, um sie eingehend zu begutachten.

„Du willst wissen, wo sie ist?"

Beeke fiel der Traum wieder ein, den sie in der Nacht vor Maritas Verschwinden gehabt hatte und auch die Begegnung am nächsten Morgen, wo dieser Mann blutige Säcke in seinem Wagen hatte verschwinden lassen. „Nein!", quälte sie aus ihrem Innersten hervor.

Doch er schien sie nicht gehört zu haben, denn er wandte sich ab und begann, ein Messer zu wetzen. Ein Messer mit einer Klinge, wie Beeke sie noch nie gesehen hatte und von der sie sich lieber nicht vorstellen wollte, in was sie schon überall hineingeglitten war, scharf und schwer.

„Sie hat einen anderen, die Marita", sagte der Mann im selben Rhythmus, in dem das Metall auf den Stein traf. „Einen besseren als mich, hat sie mir auf einen Zettel geschrieben. Irgend so einer aus Norddeutschland, ha, grade so wie du. Er hat hier Urlaub gemacht und mir meine Frau weggenommen, so sieht es aus."

Beekes Herz wurde fest und hart, sie konnte das schmerzende Organ neben ihrer wunden Lunge fühlen, es schien zu bluten. Papa! Das durfte nicht sein ...

Sie lehnte sich gegen die nackten Fliesen und versuchte zu atmen.

„Wir haben jahrelang so gut miteinander gelebt, Marita und ich. Der Gasthof, die Schlachterei, die Ponys ..." Er seufzte schwer. „Ich weiß, ich bin kein moderner Mann, der seine Frau auf Händen trägt und ihr jeden Tag erzählt, wie schön sie ist. Und meine Marita ist schön, wirklich schön. Es tut sehr weh, mein Kind, kannst du mich verstehen?"

Dann schaute er sie wieder an. Beekes Beine wurden weich, sie konnte sich nicht mehr halten und rutschte an der Wand entlang nach unten. Dort blieb sie sitzen, zitternd vor Angst, Verzweiflung, vor Kälte und Atemnot. Es war vorbei. Vater hatte diesem unglaublich starken Mann viel Leid angetan und sie saß nun hier, war allein und schwach und ausgeliefert. Wieder musste sie an die blutigen Säcke denken.

„Was ist los mit dir, Kind?“ Die tiefe Stimme hallte durch den Raum, Beeke konnte sich nicht rühren, nicht antworten.

„Geht es dir nicht gut?“ Er trat auf sie zu und setzte sich vor sie in die Hocke. „Hast du etwa Angst?“

Nun konnte sie nicken, nur ein paar Millimeter hob und senkte sich ihr Kinn.

„Aber warum denn?“

„Die Säcke ...“ stammelte sie.

„Was für Säcke, mein Kind?“ Beeke täuschte sich nicht, er sah irritiert aus, blickte hektisch von links nach rechts.

Sie sammelte alle Kraft, die sie in ihrem schlaffen Körper aufbringen konnte und atmete ein. Ein pfeifendes Geräusch quoll aus ihrem Hals, sie formte die Lippen, um ihm zu sagen, dass sie ahnte, wessen fleischige Überreste er an diesem Morgen in den Wagen gehoben hatte und dass sie nun seine Rache an ihrem Vater erwartete.

Doch sie brauchte nichts zu sagen. Er streichelte

ihr ein wenig unbeholfen über das Haar und neben seinen Schultern tauchte endlich, endlich das Gesicht ihres Vaters auf.

„Beeke, Schatz, tief durchatmen. Was ist denn passiert?"

Das bisschen Luft entwich in einem einzigen japsenden Wort: „Papa!" Und dann hatte sie das Gefühl, die weißen Wände schmölzen über ihr zusammen und bedeckten sie übermächtig.

*

Sie hatte einen kalten Lappen auf der Stirn und Maritas Mann brachte ihr das größte Eis, was er in der Truhe finden konnte. Papa hatte ein Inhaliergerät in der Tasche gehabt und die ersten gierigen Atemzüge waren wie Seide in ihren verkrampften Oberkörper geglitten und hatten das enge Korsett der Erstickungsangst gesprengt. Nun ging es ihr besser, zumindest körperlich.

Ihre Augen verfolgten jedoch weiterhin jeden schweren Schritt, den Maritas Mann tat, und auch ihren leichtfüßigen, fröhlichen Vater beobachtete sie. Es war, als stünden die beiden ungleichen Männer an einem dieser abrupt abfallenden Berghänge und der eine könnte den anderen jederzeit mit einem kleinen Schubs ins Verderben stürzen.

Bitte nicht, Vater, dachte Beeke. Wenn du Mama und mir schon so etwas Schreckliches antust und ein Verhältnis mit der schönen Marita beginnst, dann sei wenigstens so klug und erzähl es nicht ihrem Mann. Er würde dich schlachten, Papa, und dann an einen dieser grausamen Haken hängen.

Vater lief aufgeregt zwischen ihr und den Fenstern zur Straße hin und her, schaute im Minutentakt auf die Uhr an seinem gebräunten Handgelenk, Beeke hatte den Verdacht, dass er flüchten wollte, dass ihr Vater genug hatte von seinem kranken, schwachen Mädchen, das nicht rennen wollte und Angst vor Hunden hatte. Er würde die nächstbeste Gelegenheit nutzen und durch die schwere Holztür verschwinden, ohne sich zu verabschieden. Er wollte zu Marita, soviel stand fest.

Beeke konnte wieder atmen, als sei nie etwas geschehen, doch ihr Herz hing noch immer schwer und aufgebläht unter den Rippen. Sie dachte an die Zukunft und an das Gesicht ihrer Mutter, die sich ohnehin ständig Sorgen machen musste.

Beeke schaute aus dem Fenster. Ein Auto fuhr rasant auf den kleinen Parkplatz am Gasthaus, es war ein fremder Geländewagen mit Bremer Kennzeichen. Hinter dem Steuer saß eine schöne, schlanke Frau mit dunkler Sonnenbrille und einem bunten Tuch auf dem Kopf.

Beekes Herz setzte nun wirklich für einen kurzen Moment aus: Sie kannte diese Frau, doch sie hätte nie erwartet, ihr hier zu begegnen.

Vater machte einen kleinen, albernen Freudensprung und verließ die Gaststube.

„Das ist eine Überraschung, gell?", sagte Maritas Mann, er stand hinter dem Tresen und polierte Gläser, Beeke konnte ihm nicht ansehen, ob er sich wirklich freute oder nur gleichgültig die Mundwinkel nach oben zog. „Deine Mutter ist eine schöne Frau, das muss ich schon sagen."

Beeke konnte nur nicken. Sie beobachtete ihre Eltern, die sich auf dem sonnigen Hof in die Arme fielen und lachten.

„Sie haben dir das Pony gekauft, die ‚Energie'. Deine Mutter musste von diesem Plan erst noch überzeugt werden, sie hatte wohl Angst wegen deiner Lungenkrankheit. Doch dein Vater und meine Marita haben sie nach langem Hin und Her telefonisch von der Sache überzeugen können."

Das klobige Herz in Beekes Körper wurde nun leicht wie ein Ballon, es klopfte wild aber angstfrei. Sie hatte das Gefühl, von einer gewaltigen Leichtigkeit aus ihrem Tal herausgezogen zu werden und von oben auf die Sorgen hinabzuschauen, die ihr eben noch so unlösbar erschienen und mit einem Mal wie Kinderseifenblasen davon schwebten und am Horizont zerplatzten. Vater hatte mit Marita hinter der Stalltür über das Pony gesprochen und sonst nichts. Die schöne Frau des Gastwirtes war nicht verschwunden, weil sich ihr Vater in sie verliebt hatte. Es war alles ganz anders, als Beeke es befürchtet hatte. Und es war wunderbar. Das Pony, die Mutter, der Vater ... sie wollte nie wieder krank sein, wollte reiten und toben wie all die anderen Kinder. Die Luftveränderung hatte ihr wirklich gut getan, dachte Beeke und sie fühlte sich frisch und sonnig.

Der Mann, der in Beekes Augen nun nicht mehr Maritas Mann sondern ein freundlicher Gastwirt war, trat dicht neben sie. Beeke konnte die unzähligen Flecken auf seinem grob karierten Hemd erkennen, als er sich zu ihr hinunter beugte.

„Es gefällt dir doch, das Pony?“

Beeke nickte eifrig. Sie wollte sich erheben und zu ihren geliebten Eltern rennen, ihnen um den Hals fallen und all das Glück herauslassen, das sich in ihr aufstaute.

Doch die schweren Hände des Gastwirtes drückten sie wieder auf den Stuhl zurück.

„Du kannst sie haben, die ‚Energie‘. Und meinen Pferdeanhänger schenke ich euch dazu. Was soll ich noch damit, es erinnert mich nur an Marita.“

Er war so nett, dieser Mann.

Sie spürte seine unrasierte Wange an ihrem Ohr als er zu flüstern begann.

„Doch ich werde das Tier wieder abholen, wenn du nur eine Silbe von den Säcken erzählst."

Fröhliche Spitzbuben

Da war er mal wieder, dieser komische Kerl. Jedes Jahr ungefähr im Mai tauchte er im „Fröhlichen Spitzbuben" auf und blieb für zwei Nächte im Zweibettzimmer. Stets begleitet von einem Jungen, der ihn beim Vornamen nannte und zerschlissene Hosen trug. Es war in jedem Jahr ein anderes Kind, soweit Renate sich erinnern konnte. Zwar glichen sie sich vom Typ her, waren alle etwas rotznasig und plump und immer im selben Alter, immer so zwischen zehn und zwölf Jahren, deswegen musste es stets ein anderes Kind sein als das, mit dem der komische Kerl noch vor fünf Jahren anreiste. Es sei denn, die Zeit wäre spurlos an dem Burschen vorbeispaziert.

Renate stand hinter der Durchreiche, füllte wie jeden Morgen Konfitüre aus dem Fünflitereimer in die kleinen Glasschälchen und schaute zum Ecktisch hinüber, an dem der Junge Platz genommen hatte. Die Haare des Kindes waren auf einer Seite zerdrückt, er sah übernächtigt aus. Der Mann faltete sorgfältig die Serviette auseinander und legte sie auf seine Oberschenkel. Dann tat er dasselbe bei dem Jungen. Die Männerhände strichen das mit Frühlingsblumen gemusterte Papiertuch über die Kinderbeine. Jedes Jahr fuhr ihr ein ungutes Gefühl in den Bauch, wenn sie diesem Mann – er mochte Anfang vierzig sein und trug keinen Ehering – beim Frühstück begegnete. Jedes Jahr zerbrach sie sich den Kopf, warum diese Jungs mit ihm unterwegs waren. Man las ja so viel in den Illustrierten, man bekam in den Talkshows so Schreckliches erzählt, es gab ja so viele schlimme Menschen da draußen.

Renate war täglich von sieben bis zehn für das Frühstück im kleinen, holzvertäfelten Speiseraum des Landgasthofes zuständig. Ein gemütlicher Job, um sich die Frührente ein wenig aufzubessern: Brötchen und Brot in den Korb legen, fragen, ob es Kaffee, Tee oder Kakao sein dürfe, frischen Aufschnitt nachlegen und den Gästen zum Abschied immer eine kleine Knistertüte mit frischen Spitzbuben auf den Weg geben, denn diese waren eine Spezialität ihres Chefs, und der süße Reiseproviant gehörte zur Tradition des Hauses.

Die wenigsten Gäste blieben Renate im Gedächtnis. Meistens waren es junge Familien, die sich mit ihren Kindern einen schönen Tag im nahe gelegenen Freizeitpark machen wollten und den Aufenthalt im „Fröhlichen Spitzbuben“ als Pauschale gebucht hatten. Manchmal kamen auch Japaner, die den Niederrhein fotografieren wollten. Die wenigsten reisten regelmäßig an, abgesehen von Vertretern und Messegästen, die die Nähe zum Ruhrgebiet schätzten. Nur dieser – ja wie sollte Renate ihn anders benennen – komische Kerl mit der Halbglatze und der grünumrandeten Brille war so etwas wie ein Stammgast im rot geklinkerten 30-Betten-Haus in Schermbeck-Gahlen.

Als Renate die Tüte mit vier runden, mit Marmelade bestrichenen Plätzchen füllte, nahm sie sich fest vor, dieses Mal irgendwie ein Gespräch zu beginnen. Sie band die goldene Plastikschleife mit dem daran baumelnden Geschäftslogo um die in Zellophan knisternde Süßigkeit und trat durch die Schiebetür in den Gastraum.

Der Junge biss gerade in ein Honigbrötchen und fragte mit vollem Mund: „Hey, Herbert, kannst du mal die Alte fragen, ob's echt keine Nutella gibt?"

Renate nutze die Chance und wandte sich dem Ecktisch zu. „Ich könnte dir eine Nussnougatcreme aus der Küche holen. Es ist aber eine andere Sorte."

„Ich mag nur Nutella!", nörgelte der Junge.

„Ich hab was Besseres. Schau, hier habe ich die frischgebackenen Spitzbuben, die Spezialität des Hauses, für dich und deinen ... Vater." Sie reichte dem Jungen die Tüte.

„Das ist nicht mein Vater", sagte der Junge. Renate versuchte, eine besondere Regung auf dem Gesicht des Jungen zu erspähen. Eine versteckte Verzweiflung, vielleicht ein hilfesuchender Blick, den er in ihre Richtung warf. Renate lächelte so freundlich und kinderlieb es ihr möglich war. Doch der Junge riss lediglich die Gebäcktüte auf und schob sich einen Spitzbuben in den Mund. Im Nu waren seine Mundwinkel marmeladig. „Das ist nur Herbert."

„Ich bin so etwas wie ein Patenonkel", sagte dieser verdächtige Herbert und wischte dem Kind über den Mund.

„Habe ich Sie nicht schon öfter in unserem Haus gesehen?"

„Ja, stimmt", antwortete Herbert, hielt es aber offensichtlich nicht für nötig, diese Tatsache zu kommentieren, sondern schenkte sich stattdessen noch eine Tasse Kaffee aus der Thermoskanne ein. Dann griff er zur bereitgelegten Tageszeitung und begann zu lesen.

Renate gab auf. Zumindest für den Moment. Doch noch während sie langsamen Schrittes zurück in die Kaffeeküche schlich, entschloss sie sich, ihren freien Nachmittag nicht mit Staubwischen, Unkrautjäten und Gerichtshows gucken zu verbringen. Heute würde sie ihren Motorroller aus dem Schuppen holen, ihn bei der freien Tankstelle generalüberholen und auftanken lassen, und dann würde sie zum Vergnügungspark fahren und schauen, was dieser Herbert im Schilde führte.

*

„Movie World" hieß der Ort, an dem Renate noch nie gewesen und zu dem es sie auch noch nie hingezogen hatte. Ein Wulst aus Familien drängte durch die vergitterten Eingangstore und wurde dahinter von merkwürdigen Gestalten empfangen, von *Bugs Bunny* und einer schwarzen Ente mit gelbem Schnabel. Die Kinder stürzten sich begeistert in die Arme der stummen Kostümierten, wurden von ihnen gestreichelt und mit ihnen fotografiert.

Niemand nahm Notiz von Renate, von einer unscheinbaren Dame um die fünfzig. Warum sollte auch irgendjemand auf sie aufmerksam werden, als sie allein auf den großen Platz trat. Aus den Lautsprechern dröhnte chaotische Zeichentrickmusik, bei der sie zu Hause immer den Fernseher umschaltete, damit sie nicht nervös wurde von dem Gepfeife und Gezischel und Geklopfe. Sie fand dies schon in Zimmerlautstärke unerträglich, doch hier unter freiem Himmel fühlte sich Renate, als sei sie mittendrin in ihrer Flimmerkiste, gefangen in einem Comicfilm, ohne Fernbedienung in der Hand. Eine Hinweistafel verriet ihr, dass diese fremde Welt wahrscheinlich um einiges größer war als Schermbeck-Gahlen. Wie sollte sie sich hier auskennen? Und noch viel wichtiger: Wie sollte sie hier in diesem Durcheinander Herbert und den kleinen Jungen finden? Die Schilderpfeile waren in einer fremden

Sprache beschriftet, sicher in Englisch, „*Ice Age*" und „*SpongeBob*", immerhin: „*Hollywood*" war auch für Renate ein Begriff. Sie ließ sich auf einer Bank nieder und rieb sich die Augen, dann musste sie ein dickes Plüschschweinchen vertreiben, welches sich neben sie setzte und sogleich anfing, ihren Oberschenkel zu tätscheln. Noch niemals hatte jemand Fremdes ihren Oberschenkel berührt.

Sie holte ein Erfrischungstuch heraus, und während sie sich das Gesicht abtupfte, versuchte sie zeitgleich, irgendwo dort hinter der verschwitzen Stirn den Grund zu finden, warum sie sich hierher getraut hatte. Wegen dieses Herberts. Der so aussah wie ein ganz normaler Mann, wie ein lieber netter Patenonkel, und genau deswegen höchstverdächtig erschien. Und das schon seit Jahren. Es war höchste Zeit, dass sie ihm hinterher spionierte. Und dann, sie warf das 4711-Tuch in den quitschbunten Mülleimer, dann erkannte sie, dass sie richtig lag, dass sie gut daran getan hatte, heute hierher zu kommen. Im Papierkorb lag das Zellophantütchen. Die goldene Schleife, das unverkennbare Logo: „Zum Fröhlichen Spitzbuben". Ein Zeichen.

Sie dachte professionell „Fingerabdrücke!" und packte das Knisterpapier in die Handtasche. Wenn sie dieses – wie hieß das noch gleich im Fachjargon – wenn sie dieses Indiz so zufällig gefunden hatte, so würde sie auch Herbert und den kleinen Jungen treffen. Sie stand auf, schaute nicht mehr auf die Wegbeschreibungen, die sie eh nicht verstand, sondern ging in dieselbe Richtung, in der die meisten aufgedrehten Menschen hier verschwanden. Dem Strom folgen, dachte sie, das war eine gute Methode.

Nie hatte Renate es für möglich gehalten, dass Menschen in der Lage waren, sich so etwas auszudenken. Rotierende Kaffeetassen in Kleinwagengröße. Kirchturmhohe Säulen, an denen man zuerst nach oben gezogen und schließlich im freien Fall in Lebensgefahr gebracht wurde. Und immer wieder Achterbahnen, aus Holz und aus Eisen und aus irgendeinem Material, das auch in der Weltraumforschung eingesetzt wurde. Renate ging es sehr schlecht. Seit drei Stunden war sie nun hier, war ständig dem Menschenstrom gefolgt, hatte sich mitreißen lassen in all die unglaublichen Fahrgeschäfte, die ihr den Kreislauf komplett durcheinander gebracht hatten. An Essen war nicht zu denken, obwohl sie eigentlich schon lange über ihre gewohnte Mittagsmahlzeit hinaus war.

Der Pulk drängte sic einer Lautsprecherdurchsage entgegen, schlangestehend durch einen grässlichgrauen Hinterhof, auf dem zerstörte Autos standen, hinein in die Ränge einer Tribüne, immer weiter, bis sie endlich in einer der vordersten Reihen einen Platz fand und Gelegenheit hatte, sich umzusehen. Zu Füßen des Publikums war eine Straße nachgebaut, die an die Kulisse alter Gangsterfilme erinnerte. Fässer und Bretter und so ein Zeug standen herum. Männer in schwarzen Anzügen verlegten Kabel und riefen sich Befehle zu.

„Was machen die hier?“, fragte Renate eine junge Frau, die dicht an sie gedrängt saß und Kaugummi kauend auf ihr Mobiltelefon eintippte.

„Stunt-Show. Soll krass sein.“

„Stunt-Show? Sie meinen gefährliche Kunststücke?“ In diesem Moment sah Renate tatsächlich zwei Reihen vor ihr Herbert und den kleinen Jungen. Das Mädchen antwortete etwas, doch Renate hörte nicht mehr hin. Der Junge aß ein gewaltiges Eis, Herbert hatte einen Notizzettel auf den Knien und schrieb. Renate war erleichtert. Bislang war wohl noch nichts Schlimmes passiert. Obwohl Renate – wenn sie ehrlich war – zugeben musste, dass sie gar nicht so genau definieren konnte, was sie eigentlich erwartete. Kindesentführung? Unzucht? Noch Undenkbareres?

Die Vorstellung begann. Die schwarzen Männer waren wirkliche Akrobaten. Sie stellten Filmprügeleien nach, machten Sprünge von ganz weit oben nach ganz weit unten, rasten mit dem Motorrad über einen Haufen Schrottwagen. Ein unsympathischer Kerl kommentierte mit dem Mirkofon in der Hand. Ab und zu ging in einer der Ecken ein Feuerwerksknaller los, dann hielt Renate sich lieber die Ohren zu. Es war so anstrengend, zuzuschauen. So viele Saltos und Flic-Flacs, dauernd diese nachgestellten Schießereien. Renate sehnte sich nach ihrem Garten und den Goldfischen im Teich. Wieder blickte sie zu den beiden Personen, deretwegen sie sich diesen Tag hier überhaupt zugemutet hatte.

Herbert steckte den Schreibblock in seine Jackentasche. Er schien sich auch nicht wirklich für das wilde Geschehen vor der Tribüne zu interessieren. Er schaute sich um, inspizierte Gesichter; Renate mochte wetten, er hielt wieder nach kleinen Jungen Ausschau. Ein paar Sekunden verweilte Herberts Blick mal hier und mal da, bis er plötzlich zu der Sitzreihe gelangte, auf der Renate Platz genommen hatte. Stück für Stück wanderten die Augen hinter dem grünen Brillengestell auf sie zu. Renate versuchte, sich hinter dem jungen Mädchen mit dem Handy zu verstecken, sie schob sich näher an sie heran, wollte so tun, als sei ihr etwas zu Boden gefallen und sie müsse sich bücken, doch dann konnte sie nicht widerstehen, sie schaute kurz auf, in seine Richtung, und ihre Augen blickten direkt in die seinen. Er erkannte sie. Und er war nicht erfreut, sie zu sehen.

Dann: Ein ohrenbetäubender Knall, ein Feuerblitz im Augenwinkel, die schrillen Schreie des Publikums, dies alles geschah zur selben Zeit. Renate war nicht in der Lage, überhaupt etwas zu registrieren, es ging so schnell. Viel schneller als die Dinge sonst in ihrem Leben passieren. Noch nie war ihr in so wenigen Sekunden so viel Lärm und Bewegung und Hitze und Panik widerfahren. Dann ein Schlag gegen die Schläfe, wie ein Fausthieb oder ein Balken, mit dem zuvor weit ausgeholt wurde, um sie niederzustrecken. Auf einmal war alles so still wie sonst auch. Sie ging zu Boden.

*

Da war er mal wieder, dieser komische Kerl. Seit dem Unfall vor einem Jahr, bei dem sie den geplatzten Autoreifen abbekommen hatte, ließ ihr Gedächtnis sie oft im Stich. Doch an diesen Mann erinnerte Renate sich ganz genau. Jedes Jahr ungefähr im Mai tauchte er im „Fröhlichen Spitzbuben" auf und blieb für zwei Nächte im Zweibettzimmer. Stets begleitet von einem rotznasigen Jungen, der ihn beim Vornamen nannte und zerschlissene Hosen trug.

Renate stand hinter der Durchreiche, füllte wie jeden Morgen Konfitüre aus dem Fünflitereimer in die kleinen Glasschälchen und schaute zum Ecktisch hinüber. Sie war dankbar, endlich mal wieder das Gefühl zu haben, sich an etwas zu erinnern, wenn auch nur nebulös und ohne Zusammenhang. Sie wusste ja noch nicht einmal, wie es überhaupt dazu kommen konnte, dass sie sich an diesem Unglückstag in einem Freizeitpark aufgehalten hatte. All ihre Freunde, Kollegen und Bekannten konnten sich keinen Reim darauf machen, diejenigen, die sie noch von früher kannten, beschrieben sie als eine ruhige, zurückgezogen lebende Frau. Sie hatte inzwischen sehr viele Freunde, die sich um sie kümmerten. Insbesondere nachdem ihr Anwalt den Besitzer des Freizeitparks erfolgreich auf Schadensersatz verklagt hatte. Und zwar in Amerika, dem Land der unbegrenzten Möglichkeiten und Regressansprüche. Renate war das viele Geld egal. Sie mochte ihren Garten, ihre Goldfische und die Gerichtssendungen im Fernsehen.

Als Renate die Tüte mit vier runden, mit Marmelade bestrichenen Plätzchen füllte, nahm sie sich fest vor, irgendwie ein Gespräch zu beginnen. Sie band die goldene Plastikschleife mit dem daran baumelnden Geschäftslogo um die in Zellophan knisternde Süßigkeit und trat durch die Schiebetür in den Gastraum.

„Herbert, wann gehen wir endlich los“, fragte der

Junge. Doch Herbert beachtete ihn nicht. Starrte nur Renate an, die auf ihn zukam.

„Hallo, wie geht es Ihnen?“, fragte er. „Ich dachte nicht, ach, entschuldigen Sie, ich dachte wirklich nicht, dass Sie noch hier sind.“

Renate stellte das eingepackte Gebäck auf den Tisch. Sie erinnerte sich, dass sie diesen Mann nicht mochte, dass er ihr unheimlich gewesen war. Deswegen sagte sie nicht mehr als: „Bitte sehr, frisch gebackene Spitzbuben, eine Spezialität des Hauses, für dich und deinen ... Vater!“

„Er ist nicht mein Vater. Das ist Herbert!“, sagte der Junge.

Renate wusste, so oder so ähnlich hatte sie schon einmal hier gestanden. Sie wollte gerade wieder gehen, da fühlte sie die Hand des Mannes auf ihrem Arm.

„Warten Sie einen Moment bitte.“

Renate dachte, er wolle ihr einen voll gekrümelten Frühstücksteller zum Abräumen reichen oder sie bitten, noch etwas Kaffee in die Thermoskanne zu füllen. Doch der Mann, den der Junge Herbert nannte, schaute sie durch seine dunkelgrün umrandete Brille freundlich an. „Wenn es Ihnen nichts ausmacht, dann bleiben Sie kurz stehen. Ich hab nämlich im letzten Jahr so viel an Sie gedacht.“

Renate spürte, wie ihre Finger kalt und feucht wurden. Sie brachte keinen Ton heraus.

„Erinnern Sie sich an mich?"

Ja, dachte Renate und sagte: „Nein!"

„Sie haben mich an dem Tag angesprochen. Morgens beim Frühstück. Es war fast so wie jetzt. Aber ich habe etwas genervt reagiert. Und dann sah ich Sie im Freizeitpark. Bei dieser Show. Kurz bevor ... Sie wissen schon. Ich dachte erst, Sie wären tot. Später habe ich dann gelesen, dass Sie schwer verletzt worden sind. Und ich habe mir dauernd Vorwürfe gemacht."

Der Junge hatte damit begonnen, an der Tüte herumzunesteln. Mühsam ergatterte er einen Spitzbuben und steckte ihn in den Mund. Im Nu waren seine Mundwinkel marmeladig. „Lecker!" schmatzte er.

„Ich habe gedacht: Seit Jahren bedient dich diese Frau so nett, steckt dir immer diese köstlichen Plätzchen zu, und du bist so abweisend. Und dann stirbt sie vor deinen Augen, na ja, Gott sei Dank stimmt das ja so nicht. Hätte ich Sie im Freizeitpark einfach zu mir herübergewunken, dann wäre es nicht passiert." Er schüttelte den Kopf über sich selbst und Renate verstand die Welt nicht mehr. „Aber in meinem Job bin ich so viel unterwegs, ständig frühstücke ich in anderen Hotels, immer sehe ich fremde

Leute. Da wird man irgendwann wohl so. Aber nach der Sache mit Ihnen habe ich mich grundlegend geändert. Das wollte ich Ihnen nur mal sagen. Wie schön, dass ich diese Gelegenheit hatte."

Renate musste lächeln. Sie wusste beim besten Willen nicht mehr, warum sie bei diesem Mann so ein ungutes Gefühl beschlichen hat. Seit dem Unfall spielte ihr das limbische System, das Gefühlszentrum im Gehirn, kleine Streiche. Dieser Herbert war ein netter Mann. „Was machen Sie denn beruflich?", fragte sie.

„Ich bin Journalist bei einem Familienmagazin. Einmal im Jahr gehe ich mit einem Heimkind auf Deutschlandreise. Wir testen die großen Freizeitparks zu Saisonbeginn. Und wissen Sie: Jahr für Jahr dieselbe Route, vierzehn Tage lang Achterbahn und Lärm und so weiter. Da wird man etwas merkwürdig mit der Zeit. Aber den Jungs macht es Spaß, oder nicht?"

Der Junge hatte bereits den zweiten Spitzbuben in der Hand und nickte.

Renate lächelte. „Dann wünsche ich Ihnen einen schönen Tag", sagte sie. Und noch während sie langsamen Schrittes zurück in die Kaffeeküche schlich, überlegte sie, warum ihr der Mann nur jemals verdächtig erschienen war. Wo er doch so ein anständiger Mensch zu sein schien.

Das geschnitzte Herz

Er ist mein.

Schon immer gewesen. Und für immer.

Morgens um halb sieben klingelt sein Wecker. Er duscht täglich. Zum Frühstück mag er Müsli mit Joghurt und getrockneten Früchten.

Dann bringt er Leonie und Lea zum Kindergarten und fährt anschließend mit dem Rad zur Arbeit. Vogelsang, Wilmersiek, Kluskampstraße, dann über die Hamelner und noch ein bisschen weiter. Er leitet das Weserrenaissance-Museum im Schloss. Sein Fachgebiet sind die politischen Auswirkungen des 30jährigen Krieges in der Gegenwart. Nicht so staubtrocken, wie es sich anhört. Überhaupt hat er Humor. Liebt satirische Verse, den Caput IX aus Heines Wintermärchen kann er zum Beispiel auswendig. Wenn er rezitiert, bin ich ganz Ohr.

Das ist der Teutoburger Wald,
Den Tacitus beschrieben,
Das ist der klassische Morast,
Wo Varus steckengeblieben.

Hier schlug ihn der Cheruskerfürst,
Der Hermann, der edle Recke;

Die deutsche Nationalität,
Die siegte in diesem Drecke...

Er hat eine tiefe Stimme, nur wenn er sich ärgert, verfällt er in einen durchdringenden Tenor. Er ärgert sich selten. Sein Temperament ist eher gemäßigt.

Seit er vierzig ist, trägt er Glatze. Steht ihm gut.

Er ist mein.

Schon immer gewesen.

Warum nur hat er diese Frau geheiratet?

*

Damals trafen wir uns nach der Schule im Abteigarten. Es gab da einen Baum, unter dem wir uns schüchtern küssten. Eine Erle. Erst nach einem halben Jahr öffneten wir dabei sogar die Lippen. Noch ein paar Wochen später schob er seine Hand unter meinen Pullover. Ich wäre beinahe gestorben und sagte es ihm.

„Ich spüre es aber noch klopfen", hatte er gesagt und gelächelt.

Das Herz, welches er an diesem Tag mit dem Taschenmesser in die Baumrinde ritzte, kann man noch heute sehen. Dreißig Jahre später. Ich habe es regelmäßig frei gekratzt.

Mit neunzehn musste er zur Bundeswehr und

wenig später begann sein Studium in Münster. Ich habe ihm jede Woche geschrieben. Habe die Lemgoer Stadtbibliothek durchgelesen, um genug Wissen für meine Briefe zu finden. Er hatte ja Abitur, ich wollte ihn nicht langweilen oder dümmlich wirken. Und weil ich dachte, es ist hübscher, wenn wir beide beruflich etwas Ähnliches machen, übernahm ich den Eintrittskartenverkauf im Junker Haus.

Das war eine schöne Zeit, als ich auf ihn warten und mich in dieses Wunderwerk der Baukunst vertiefen durfte. Ein Haus, so schön und so düster zugleich. Fachwerk der feinsten Sorte, und viel Holz, geschnitztes Holz, kein einziger Fleck wurde vom Erbauer gerade gelassen. Ornamente in der finstersten Ecke, Jesusskulpturen und Blumenranken, Kreise und Dreiecke und Quadrate und Facetten. Alles aus Holz. Darin fühlte ich mich wohl. In einsamen Nächten habe ich meine Einzimmerwohnung gemieden und dafür heimlich in einer der Schlafkammern von ihm geträumt. Das alte Leinen war wunderbar rau, ich konnte mich daran reiben und an seine Haut denken.

Es gab da eine Verbindung. In diesem Haus wohnte die Sehnsucht. Der Erbauer hatte der Sage nach bis ans Ende seines Lebens auf seine große Liebe gewartet, die auf einer Reise nach Holland spurlos verschwunden war. Und er hatte die Zeit des Wartens mit dem Schnitzen verbracht. Immer filigraner. Immer verschlungener. Bis er gestorben ist.

Das konnte ich so gut nachvollziehen.

Es machte mich nicht traurig. Im Gegenteil – die unglückliche Liebe des Karl Junker wuchs mir ins Herz. Schnitzte sich in mein Herz. Sie wurde zu meiner.

Erst vor drei Jahren kam er zurück. Mit Doktortitel, einer Frau und zwei Kindern.

Als wir uns auf dem Wochenmarkt trafen, hat er mich nicht erkannt.

Als ich ihn Heilig Abend in der Nicolaikirche ansprach, war er verlegen.

Wenn ich bei ihm anrief, legte er auf.

Geschrieben hat er mir kein einziges Mal.

*

Er geht mal wieder zu seinem Anwalt in der Schlossstraße. In den letzten Wochen war er mehrfach dort. Wenn er hineingeht, wirkt er angespannt wie so oft. Er schaut sich um, rückt den Krawattenknoten zurecht, atmet tief durch. Wenn er herauskommt, scheint eine Last von ihm genommen worden zu sein.

Dann weiß ich, morgen kommt wieder so ein

Brief. Bitten, Aufforderungen, drohende Unterlassungsklagen. Juristen kennen unschöne Worte. Ich weiß, es ist nur heiße Luft. Der Anwalt hat eine Schweigepflicht. Aber öffentlich vor Gericht wird er nicht ziehen. Dann würde es doch alles herauskommen mit ihm und mir.

Und dazu fehlt ihm der Mut.

Ich verstecke mich nicht hinter Bäumen oder Häuserecken, wenn ich ihn beobachte. Ich lasse keinen Sicherheitsabstand zwischen uns, damit er nicht merkt, dass ich ihn immer im Auge behalte. Warum sollte ich das tun? Er soll wissen, dass sich bei mir nichts verändert hat seit damals. Noch immer liebe ich ihn. Noch immer würde ich sterben, wenn er seine Hand unter meinen Pullover schöbe.

Ich sitze auf der Brückenbrüstung vor dem Schloss. Er hastet an mir vorüber. Um zehn öffnet sein Museum. Es ist erst viertel vor. Er hätte Zeit, stehen zu bleiben und mit mir zu reden.

„Hallo", sage ich.

Seine Schritte werden schneller. Dieses Jackett ist neu, graubeiger Cord. Das hat er am letzten Wochenende bei *Hoffahrt* gekauft. Seine Frau hat ihn beraten. Sie mag es, wenn er gedeckte Farben trägt. Ich war im Laden, habe so getan, als wolle ich ein Hemd kaufen. Er war furchtbar nervös und hat unter den Armen geschwitzt, so dass eine Verkäuferin ihm ein Papiertuch geben musste.

Seine Frau bemerkt mich nicht. Ich scheine unsichtbar für sie zu sein. Wahrscheinlich stelle ich für sie keine Konkurrenz da. Sie ist so adrett und schlank und weiblich. Ich bin das Gegenteil. Sie würde nie auf den Gedanken kommen, dass ich ihren Mann einmal auf den Mund geküsst habe.

Plötzlich, er ist schon halb im Schlosshof, dreht er sich um und kommt auf mich zu.

„Hör mal“, sagt er mit dem durchdringenden Tenor. Er ärgert sich.

„Gern“, sage ich und hüpfe von der Brüstung.

„Wir können uns den ganzen Juristenkram auch sparen. Ich bin es einfach Leid, dass du dich zu meinem Schatten machst. Es kotzt mich an.“

Solch ein Vokabular benutzt er nur im Extremfall. Ich mache ihn immer noch irgendwie verrückt, sonst würde er anders reden.

„Was willst du eigentlich von mir?“

„Als wenn du das nicht wüsstest“, antworte ich.

„Wenn wir darüber reden, lässt du meine Familie dann endlich in Ruhe?“

„Ich habe doch mit deiner Familie nichts zu schaffen. Es geht mir nur um dich.“

„Ja ja!“ Er spuckt beim Sprechen. Er schaut auf die Uhr. Mich blickt er nicht an. Seine Augen haben dieselbe Farbe wie das Jacket. In der linken Iris ist ein rostbrauner Sprenkel. Daran kann ich mich noch gut erinnern.

„Aber wenn wir reden, hörst du dann endlich auf?"

„Womit soll ich aufhören?"

„Schon mal was von Stalking gehört?"

Natürlich habe ich darüber gelesen. Und seine Anwälte haben darüber geschrieben. Aber das trifft doch auf mich nicht zu. So etwas machen nur Besessene. Menschen, die jemanden begehren, den sie nicht haben können. Bei mir liegt der Fall aber anders. Ich kann ihn haben. Er muss nur endlich erkennen, dass es ein Fehler war, diese Frau zu heiraten. Er belügt sich selbst. Es kann nicht sein, dass alles, was wir füreinander empfunden haben, damals unter der Erle, nun so furchtbar falsch sein soll.

Über Karl Junker, den liebeskranken Hausschnitzer, sagt man auch, er sei psychisch gestört gewesen. Und da irren die Experten sich. Er war ein Künstler, den der Liebeskummer zu einem Meisterwerk verholfen hat. Er war nicht krank. Nicht besessen.

Und ich bin es auch nicht. Ich gehe auf ihn zu. Er zuckt zusammen. Ist es denn so schlimm, wenn ich in seine Nähe komme?

Er räuspert sich: „Also pass auf: Heute Abend habe ich Zeit. Lass uns reden. Und dann musst du diese Sache ... von damals... du musst sie ein für allemal vergessen."

„Wenn das so einfach wäre ..." Ich hebe meinen Arm. Meine Fingerspitzen berühren seinen Ellenbogen. Die erste Berührung seit dreißig Jahren. Strom fließt durch meinen Körper. Endlich ist Leben in mir. Das muss er doch auch spüren.

„Lass das!" Wenn ich nicht von selbst meine Hand zurückgenommen hätte, dann hätte er mich in diesem Moment geschlagen, glaube ich. „Bist du verrückt? Hier ist mein Arbeitsplatz. Hinter jedem dieser Fenster könnte ein Mensch stehen, der uns beobachtet."

„Na und?"

„Gut, dann mach ich jetzt einen Vorschlag: Zehn Uhr. Eine halbe Stunde. Auf keinen Fall länger. Irgendwo, wo uns keiner sehen kann."

Das ist ein Rendezvous. Eindeutig. „Abteigarten."

„Meinetwegen. Und wo dort?"

Wo schon? Wie kann er so etwas fragen? „An unserem Herz."

„Welches Herz?"

Das sagt er nur, weil er mich ärgern will. Er muss sich doch daran erinnern.

Er geht.

*

Zugegeben, es gab noch ein paar andere Jungen, die mir gefallen haben. Aber immer nur, weil sie mich irgendwie an ihn erinnerten.

Die Menschen in Lemgo fingen an, mich seltsam zu finden. In meinem Alter noch unverheiratet. Und dann den ganzen Tag in diesem unheimlichen Haus. Manchmal hatte ich sogar das Gefühl, dass sie mir aus dem Weg gingen. Und ihre Kinder vor mir warnten. Als sei ich monströs.

Als es raus kam mit dem Schlafen im Junkerhaus, habe ich natürlich meine Arbeit verloren. Vielleicht haben sie sowieso einen Grund gesucht, mich zu entlassen. Könnte sein. Ich war denen wohl auch nicht ganz geheuer.

Das war drei Tage nach meinem fünfzigsten Geburtstag.

Ein Mann in meinem Alter findet so schnell keinen neuen Job.

Er sitzt da. Auf unserer Bank. Weil es regnet, hat er sich die rote Wetterjacke angezogen, seine Hände sind in den Taschen vergraben. So sieht er aus wie ein kleiner Junge. Wie damals. Als es mit uns begann. Ich strecke meine Arme nach ihm aus. Gleich werde ich ihn anfassen. Es muss doch etwas bedeuten, dass das Leben erst zu beginnen scheint, wenn ich ihn berühre. Das muss er doch auch spüren. Er ist sensibel. Ich weiß es. Damals hat er oft geweint in meinem Arm.

Er schaut mich an. All die vielen Jahre, denke ich. Er ist nicht alt geworden. Kaum Falten und keinen Bart. Und dieser Sprenkel im Auge. Er guckt nicht weg. Dann holt er seine Hand aus der Jackentasche. Er will mir begegnen. Mich begrüßen. Mich willkommen heißen.

„Da bist du ja endlich“, sagt er ganz sanft. Mein Herz tut schrecklich weh. Mehr als jemals zuvor in meinem Leben. Mehr als damals, als die Briefe unbeantwortet blieben. Mehr als damals, als ich ihn mit Frau und Kindern sah. Ich schaue an mir herunter und verstehe den Schmerz.

Er hat mich willkommen geheißen. Und mir dabei ein Messer ins Herz gestochen.

„Du hättest mich doch nie in Ruhe gelassen“, schluchzt er. „Mein Gott, hast du es denn nie kapiert? Ich war damals noch ein Kind. Keine Achtzehn. Zwölf Jahre jünger als du. Du hast da etwas mit mir angestellt, was ich nicht wollte.“

Warum ist er wohl so traurig, frage ich mich. Jetzt ist doch alles gut.

Mir bleibt die Luft weg. Er fasst mit der Hand nach dem Messer und zieht es heraus. Da am Baum ist das geschnitzte Herz. Unsere beiden Namen Armin und Klaus.

Ich glaube, ich muss sterben, sage ich ihm.

„Ich spüre es nicht mehr klopfen“, sagt er und lächelt.

Wunschverzettelt

Kyra wünscht sich das große Barbiehaus mit Pool. Leon hätte gern die neue Playstation plus drei Spiele. Aber ich bin pleite. Alleinerziehend und pleite. Und überübermorgen ist der erste Advent.

Was bleibt mir also anderes übrig, als eine Bank zu überfallen?

Hier in meiner Stadt, in Dortmund. Ich weiß, man sollte eigentlich an einen Ort fahren, wo einen keiner kennt. Aber mir bleibt nichts anderes übrig, weil ich kein Auto hab und auf öffentliche Verkehrsmittel angewiesen bin.

Also rein in die Stadtbahn und Kampstraße wieder raus. Es riecht nach feuchten Wintermänteln, nassen Hunden und Pinimenthol. Kyra hat Schnupfen, sie ist quengelig und immer läuft ihr was aus der Nase.

Leicht ist so ein Überfall sowieso nicht mit zwei Kindern im Schlepptau. Ich hatte geplant, die Kleine bei Karstadt im Kinderparadies abzuliefern. Leon wollte ich dann in der Spielwarenabteilung vor die Computer stellen. Und dann ab in die Hauptstelle in der Innenstadt, wo man mir schon zweimal einen Kredit verweigert hat.

Mit Strumpfmaske im Rucksack, direkt neben Kyras Pampers habe ich sie versteckt. Die täuschend echt aussehende Plastikpistole vom 99-Cent-Paradies klemmt neben der Flasche Apfelsaft.

„Achtung, Achtung, die kleine Kyra möchte von ihrer Mama dringend aus dem Kinderparadies abgeholt werden", ertönt es aus den Lautsprechern, noch bevor ein Platz für meinen Sohn an der Spielkonsole freigeworden ist. So ein Mist. Ich schleppe Leon also wieder zu diesem Lebkuchenhaus, wo er seine heulende Schwester findet, hinter der Krippe versteckt. Sie hat sich vor dem Weihnachtsmann gefürchtet und klammert sich an mein Bein.

„Mama, der Mann ist fies!", schnieft sie und ihre Nase ist röter als die von Rentier Rudi, den man hier in allen Größen kaufen kann und der Musik macht, wenn man sein berühmtes Riechorgan drückt. Was Leon natürlich gleich macht, und zwar bei allen zwanzig Plüschtieren gleichzeitig.

„Rudolph the red-nosed reindeer ..."

„Lass das, Leon!"

„Rudolph the red-nosed reindeer ..."

„Du sollst das lassen, hab ich gesagt."

„Rudolph the red-nosed reindeer ..."

„Had a very shiny nose
And if you ever saw it
You would even say it glows ..."

Kyra schreit trotzdem noch lauter als alle Rentiere zusammen.

„You would even say it glows …“

Ich klopfe Leon auf die Finger.

„You would even say it glows …“

Der Weihnachtsmann guckt uns böse an.

Keine Chance, ich muss die beiden mitnehmen.

In der Bankfiliale haben sie zumindest schon mal eine Bastelecke. Man kann Sparfüchse ausmalen, wer es am besten hinkriegt, gewinnt eine Luftmatratze. Kyra macht so etwas gern.

Leon heult, weil ich ihm versprochen hatte, dass er bei Karstadt Computerspiele machen darf. Aus Wut haut er auf einem der Auszugsdrucker herum und meckert: „Die Grafik ist voll langweilig. Das Display zeigt immer dasselbe.“

„Leon, Pfoten weg!“

„Wie kommt man denn überhaupt ins nächste Level?“

„Leon, lass das, oder du kriegst noch was auf die Finger, kapiert?“

Alle in der Filiale schauen mich an. Mustern mich von oben bis unten. Aha, eine Mutter, die ihre Kinder nicht im Griff hat, total überfordert, ein Fall für die Supernanny, ganz klar.

Die können später alle bei der Kripo ein 1a-Phantombild anfertigen lassen von mir: Dünne Frau, schlecht sitzende Frisur, dunkle Augenringe. Ach ja, und die Strumpfmaske hatte eine Laufmasche.

Jetzt kann es losgehen, denke ich, setze den Rucksack ab und öffne den Reißverschluss. Na dann ...

Plötzlich kommt ein Kerl rein, ein ganz gefährlicher Typ mit Lederjacke, Schirmmütze und einem Arabertuch über Nase und Mund. Man versteht ihn deswegen auch nicht so gut als er ruft: „Dies ist ein Überfall." Doch man kann erkennen, was er will, weil er eine Pistole in der Hand hält. Die sieht ziemlich echt aus.

Alle sind mucksmäuschenstill. Bis auf Kyra, die beim Malen summt.

Und Leon, dem wohl doch irgendwie gelungen ist, mit dem Auszugsdrucker zu spielen. Er macht Ballergeräusche und spuckt dabei auf den Bildschirm.

Eine Kassiererin mit blassem Gesicht packt das Geld in die Aldi-Tüte, die der Bankräuber ihr zugeworfen hat. Sie hat lange zu tun und ihre Hände zittern. Ich sehe Scheine, die ich noch nie selbst in der Hand gehalten habe. Sie sind lila.

„Geht das nicht schneller", schreit der Gangster.

So ein Mist, denke ich. Ich wollte das doch machen. Das war meine Idee und ich war zuerst hier! Der Kerl hat sich vorgedrängelt und kriegt jetzt alles für sich allein. Mehr denke ich nicht. Ich bin nur noch sauer.

Ein bisschen krame ich in meinem Rucksack und

meine Finger finden das gesuchte Plastikteil, damit ziele ich auf den Bankräuber: „Waffe runter, Polizei!“ So kenne ich es aus meiner Lieblingsserie. Breitbeinig dastehen, eine Haarsträhne aus dem Gesicht wischen und ernst gucken. Und den Verbrecher nicht aus den Augen lassen, die Waffe im Anschlag. Ich finde, ich krieg das ganz gut hin. Der Kerl dreht sich kurz um, guckt überrascht. Dann erkenne ich erst, dass ich mich vergriffen habe und statt der Pistolenattrappe einen Obelix in der Hand halte, der auf Knopfdruck die Hosen runter ziehen kann. Gabs bei McDonalds zum Happy Meal.

Der Gangster grinst ganz fies. Im selben Moment packen ihn von hinten zwei Sicherheitsleute und werfen ihn zu Boden.

„Ich hab ihn gekriegt“, jubelt Leon und vermöbelt den Auszugdrucker.

„Mein Bild ist fertig, Mama!“, sagt Kyra. Der Sparfuchs ist lila geworden. Dieselbe Farbe wie die Scheine, die überall auf dem Boden verteilt liegen.

Bis heute hat Kyra Schiss vorm Weihnachtsmann. Er ist ein fieser Typ, der keine Kinder mag, behauptet sie unbeirrt.

Aber für sie steht seit diesem Tag ohnehin fest, dass in Wirklichkeit – nur für alle, die es noch nicht wissen – der Bankdirektor die Geschenke bringt.

Einer geht noch rein

Die erste Liebe, die erste Liebe, die erste Liebe!

Sie lässt einen nie wirklich zur Ruhe kommen. Egal, ob sie glücklich war oder unerfüllt blieb. Sie zeichnet ein kindliches Bild vom Objekt der Begierde, ein ganz und gar unkritisches Bild, wie Wattewolken in Blau und lachende Sonne in der Blattecke. Und dieses Bild bleibt für immer ins Herz gepinselt.

Ramon, Ramon, Ramon!

Sattdunkle Augen, schwarzflauschige Locken, lichtstrahlendes Lächeln!

Ja, ich habe ihn inbrünstig geliebt, damals in der vierten Klasse. Ich erträumte mir eine Zukunft mit ihm, in der er einen Seitenscheitel trug und morgens mit der Aktentasche unter dem Arm zur Arbeit ging, während ich in Kittelschürze bei den beiden Kindern blieb. Ich formulierte sicher tausend Sätze, die ich ihm auf rosa Zettelchen schrieb, mit „My Melody" besprühte und dann nie in seine Jackentasche schmuggelte. Ich küsste morgens, mittags, abends mein „Liebe ist ..."-Kopfkissen und stellte mir vor, es sei irgendetwas von ihm. Ich war eifersüchtig auf das Mädchen, dessen Nachname im Alphabet auf den seinen folgte und das somit im Klassenbuch unter ihm stand.

Ich war so voller Sehnsucht.

Bis die Zeit auf der Katholischen Grundschule in Gievenbeck vorüber war und ich auf das Gymnasium ging. Münster war zu groß, als dass man sich rein zufällig oft genug über den Weg gelaufen wäre, um die Liebe am Leben zu erhalten. Auf dem Paulinum lernte ich Moritz kennen, später Jan und schließlich Sebastian. Ich hörte auf, Kissen zu küssen, schrieb gute Klausuren statt Liebesbriefe und meine Zukunftsträume wurden gottlob emanzipierter.

Aber Ramon habe ich nie vergessen.

Ich habe mit Ramon geschlafen, als ich eigentlich einen blassen Vegetarier auf mir liegen hatte. Die karrierefördernde Affäre mit dem Leiter eines renommierten Forschungsinstituts konnte ich nur deswegen so genussvoll ausleben, weil dessen schlaffe Pobacken in meiner Phantasie zu Ramons knackig karamellisierten Hintern wurden.

Mit Ramon hatte ich den besten Sex meines Lebens, auch wenn ich ihn nicht ein einziges Mal berührt habe, abgesehen von den versehentlichen Knüffen, wenn wir im Sportunterricht „Jungs gegen die Mädchen“ spielten.

Als die Einladung zum silbernen Einschulungsjubiläum auf meinem breiten Schreibtisch landete, hatte ich gerade meine erste Scheidung hinter mir.

Ich bekam albernes Herzklopfen. Auf der Rückseite standen die aktuellen Namen und Adressen. Ich fuhr mit dem roten Fingernagel die Liste hinab und entdeckte ihn.

Er lebte in einer anderen Stadt und hatte nur eine Handynummer angegeben. Als Berufsangabe stand schlicht und geheimnisvoll „selbstständiger Geschäftsmann".

Ja, kreuzte ich an, ich komme.

Und unter *Besondere Wünsche und Anregungen* schrieb ich mit unsichtbarer Tinte: „Ich will Ramon! Endlich will ich ihn! Und wenn es nur für eine Nacht ist!"

Es war mir klar, es musste passieren, sonst würde ich mein Leben lang davon träumen. Und mir war auch klar, dass ich die besten Chancen hatte, denn im Gegensatz zu meiner eher unscheinbaren Erscheinung in Kinderjahren hatte ich mich mit Anfang dreißig zu einer wirklich attraktiven Frau gemausert. Bislang hatte ich jeden gekriegt, den ich wollte – außer Ramon ...

*

Simone Hillegruber hatte sich den Schlüssel von unserem ehemaligen Klassenraum besorgt und nun saßen wir alle auf den winzigen Stühlchen, die langen Erwachsenenbeine angezogen, kichernd wie damals und neugierig wie nie. Jeder stellte ein Namensschild auf den Tisch. Ich malte sogar noch ein mädchenhaftes Blümchen dazu, dann schaute ich mich um.

Daniela schien noch immer die Größte und Dümmste zu sein, Ralf „der Angeber" fuhr vorhin mit einem protzigen Cabriolet auf den Schulhof, Henning hatte keine Haare mehr, Astrid ist im letzten Jahr Mutter von Zwillingen geworden, Tanja unterrichtete inzwischen selbst als Lehrerin an dieser Schule, Boris sah schwul aus. Und Ramon?

Er kam als Letzter. Ich hatte mich schon beinahe mit der Enttäuschung abgefunden, dass er gar nicht mehr auftauchen würde, da klopfe es an die Tür, alle riefen „Herein" und Ramon war da.

Trug weder Seitenscheitel noch Aktentasche – zum Glück – sondern die lockigen Haare schulterlang, dazu ein weißes Hemd und eine Jeans. Ein bisschen zu viel Gold an Hals und Hand, aber das war mir egal, denn meine schlimmste Befürchtung, dass sich der Schwarm meiner Mädchentage vielleicht in einen speckigen Langeweiler mit Aknenarben verwandelt haben könnte, hatte sich Gott sei Dank als unbegründet erwiesen.

Ramon war immer noch Ramon. Der Bestaussehendste, der mit den geschmeidigsten Bewegungen, der mit den gesündesten Zähnen, gut, vielleicht nicht der Intelligenteste, aber auf dem Gebiet hatte ich eh schon alles abgegrast und war nie satt geworden. Ramon war immer noch der, den ich unbedingt einmal küssen – quatsch, ich war jetzt erwachsen – mit dem ich unbedingt mal ins Bett gehen wollte.

„Ich reise viel herum", erzählte er, und seine sonore Stimme schien sich auf die PVC-Platten des Fußbodens zu übertragen, jedenfalls vibrierte jedes Wort, das er sprach, direkt an der Stelle, an der ich mit dem harten Stuhl in Berührung kam. „Hab nach der Schule ein bisschen Geld investiert und mir mein eigenes Geschäft aufgebaut. Läuft rund bei mir. Muss aber auch immer alles ziemlich schnell gehen. Das hält nicht jeder aus." Er schaute sich um und tatsächlich blieb sein sagenhafter Blick an mir haften. „In meinem Business bleibt die Familie leider oft auf der Strecke. Darum bin ich noch ledig. Tja ..." Er schaute mich noch immer an. Seine Augen schienen ebenfalls in der Lage zu sein, irgendwelche unsichtbaren Wellen (Mikrowellen?) durch den Klassenraum zu schicken, mir wurde auf einmal sehr heiß.

Ich kramte mit zitternden Händen in meiner Tasche und fingerte eine Visitenkarte hervor. Auf die Rückseite schrieb ich, was ich vor so vielen Jahren schon an ihn hätte schreiben sollen: „Willst du mit mir gehen? Kreuze an Ja oder Nein." Und als wir die Schule Richtung Gastwirtschaft verließen, wo Simone Hillegruber Braten- und Gemüseplatte mit Kroketten und Sauce Hollandaise bestellt hatte, schmuggelte ich diese Botschaft dahin, wo ich sie schon vor Jahren hätte hin schmuggeln sollen: In seine Jackentasche.

*

Leider erwies sich der Tag unseres Klassentreffens als ausgesprochen warm und Ramon hatte seine Jacke beim Essen an die Garderobe gehängt – und als er sie endlich wieder anzog, waren wir wohl beide zu betrunken, um noch irgendwelche Sachen geregelt zu kriegen. Wahrscheinlich hätte Ramon in seinem Zustand das Kästchen zum Ankreuzen gar nicht getroffen. Außerdem war ich den ganzen Abend über Tom nicht losgeworden, der schon damals ein Auge auf mich geworfen hatte. Ramon hingegen hatte irgendwann seine Lippen auf Monikas braunen Hals gedrückt, auch wenn dieser vom offensichtlich zu regelmäßigem Besuch der Höhensonne so zerknittert war wie ein feuchtes Bettlaken nach einer tollen Nacht.

Ich schlief also allein in meinem Bett, was nicht

so schlimm war, denn als Ausgleich wurde ich am Morgen von einer – seiner – SMS geweckt.

ja x ramon

Ich tippte schnell zurück: *Wann und Wo?*

bin bald beruflich in münster melde mich ramon

*

Er tat es tatsächlich, vier Wochen waren inzwischen vergangen.

kann nur heute abend leider morgen zuviel rummel 20 uhr im gondola ok?

Es war mir egal, dass er scheinbar keine Grammatikrelevanz für eine SMS sah. Es war mir egal, dass er einen der drittklassigsten Italiener der Stadt an einer stark befahrenen Straße ausgesucht hatte. Es war mir auch egal, dass er mir noch nicht einmal genügend Zeit ließ, mir vorher die Beine vernünftig zu epilieren oder meine aufregendste Unterwäsche eben noch mal durchzuwaschen.

Es war mir alles egal.

Ich bestellte mir Pizza und trank nur ein Glas Wein. Er erzählte viel. Sechs Tage sei er in Münster, jedes Jahr um diese Zeit. Sein Geschäft hätte etwas mit Spezial-Fahrzeugen zu tun (als Frau fragt man bei so was einfach nie nach Details, da kann man schließlich nur verlieren, selbst wenn man Ahnung hat, so wie ich), ein altes Familienunternehmen ohne Nachkommen, welches er aus reinem Idealismus (na ja, zugegeben, er sagte wörtlich „Weil ich merkte, ich hab da echt Bock drauf") kaufte und seit fünfzehn Jahren leitete. Sechs Angestellte, die er auch alle in firmeneigenen Wohnungen unterbrachte. Manche von seinen Jungs hätten eine schwere Zeit hinter sich und fänden bei ihm nun endlich wieder Anschluss an das Berufsleben (in dem Moment dachte ich schon: „Los, Süßer, lass und zahlen, dein gutes Unternehmerherz ist lobenswert, aber deswegen haben wir uns nicht getroffen."). Erst beim Espresso fragte er – mir schien, aus reiner Förmlichkeit – was ich so mache. Doch schon als ich von meinem Studium erzählte, unterbrach er bereits nach dem vierten Satz ganz begeistert: „Du kennst dich mit Technik aus? So eine Frau fehlt mir noch in meinem Betrieb! Suchst du noch 'nen Job?"

Ich ließ die Frage unbeantwortet. Wenn ich ihm erklärte, dass meine Firma wahrscheinlich sämtliche Patente an seinen Spezial-Fahrzeugen besaß, dann würde es wohl direkte Auswirkung auf seine Manneskraft haben. Und das wäre einfach zu schade gewesen.

„Ist dein Zimmer hier in der Stadt groß genug für zwei?", fragte ich schließlich, nachdem ich die

Rechnung bezahlt hatte und am Straßenrand auf das bestellte Taxi wartete.

Er grinste. „Ich habe eine phantastische Spielwiese, aber die Wände sind zugegebener Maßen etwas dünn ..."

Also zu mir, dachte ich, griff nach seinem Arm und zog ihn herüber. Unter seinem schwarzen T-Shirt fühlte ich feste Haut, angenehm portionierte Muskelgebirge und den hauchdünnen Schweißfilm, der mir – da die Nacht eher kühl war – nur zu verheißungsvoll verriet, dass sein Körper bereits vorglühte. Er beugte sich zu mir herunter, und kurz bevor er seinen Mund auf den meinen presste, konnte ich sein Lächeln sehen, dieses Lächeln, welches noch immer dasselbe war wie damals, als es noch keine Spezial-Fahrzeuge und Ingenieursdiplome gab, sondern er mit dem Kettcar zur Schule fuhr und ich Meisterin im Gummitwist war.

Er küsste wie ein Teufel, er küsste wie ein Gott. Seine Hände schoben meinen Rock hoch, und das alles auf offener Straße. Autofahrer hupten, einer hatte das Fenster heruntergekurbelt und forderte uns auf, es uns auf seiner Motorhaube bequem zu machen. Wir ließen uns nicht stören, wir rieben unsere Zungen aneinander, wir krallten und streichelten, wir fassten und drückten, wir bearbeiteten uns gegenseitig, angestrengt wie in einem Kampf und doch leichtlebig wie im Flug.

Das war es, was ich schon immer wollte, was ich schon immer wollte, was ich schon immer wollte!

Endlich kam das Taxi.

*

Es war nicht so wichtig, dass ich in der Hektik heute Nachmittag vergessen hatte, mein Bett zu machen, denn es gab allerhöchstens zehn Sekunden, in denen er es eventuell hätte bemerken können. Und danach hätte es sowieso keinen Unterschied mehr gemacht, denn wir legten uns sofort aufeinander, knöpften an Hosen, zogen an Reißverschlüssen, fingerten an Häkchen und schoben die Kleidung stürmisch von den Körpern, bis wir endlich nackt waren. Nur unsere aufgestellten Härchen erschienen im gedimmten Licht wie seidiger Pelz.

Endlich, endlich, endlich!

„Dann alle Mann gut festhalten! Jetzt geht's los, jetzt geht's los!"

Ich stutzte kurz. Was hatte der Mann meiner Träume da eben von sich gegeben?

Ich liebte Dirty Talking, wirklich, nur wenige Männer trauten sich, ihren Schweinereien auch verbal Ausdruck zu verleihen. Und wenn sie es machten – richtig machten – dann konnten mich Worte im Bett völlig zum Überlaufen bringen.

„Ja, ja, ja, ja. Heute haben wir mal richtig Spaß!"

Zugegeben, der Grat zwischen erotisierendem Bettgeflüster und peinlichem Verbalverkehr war verdammt schmal. Aber seine Bewegungen entschädigten mich, er machte es mit einer zurückgehaltenen Anspannung, die weit mehr zu versprechen schien.

„Erst langsam, zum dran Gewöhnen. Ja, ja, ja, ja. Und wem es jetzt schon zuviel ist, der hat Pech gehabt, zum Aussteigen ist es jetzt zu spät! Hahaha ..."

Wie bitte?

„Jetzt machen wir mal ein bisschen Tempo ... Uhhhh ..."

Tatsächlich wurde er schneller, was wirklich nicht unangenehm war. Ich hatte meine Hände auf seinen Hintern gelegt und zeigte ihm mit meinen Bewegungen, dass ich seinen Rhythmus gut, oh ja, sogar sehr gut fand.

„Und für alle, denen es noch immer nicht genug ist, machen wir es jetzt mal rückwärts!"

Schnell, hatte er mich auf alle Viere gedreht.

„Baby, Baby, das ist Wahnsinn!"

Zum ersten Mal fiel mir auf, dass es beim Sex viel einfacher war, die Augen zu schließen, als sich die Ohren zuzuhalten. Was war hier los? Dieser Mann machte alles so richtig, wie ich es mir immer in meinen warmen Träumen ausgemalt hatte. Aber warum hielt er dabei nicht endlich mal die Klappe?

Nach einem „Wir können auch anders ...“ saß ich plötzlich oben, und ich war froh, dass meine Zimmerwände bestens schallisoliert waren.

„Ja, ja, ja, ja, da ist das Gekreische groß!“

Ruhe bitte!

„Und? Wie geht es euch da oben? Alles im grünen Bereich?“

Schnauze jetzt!

Es war sensationell gut, es war verrückt und bombastisch, auch ihm war anzusehen, dass er auf demselben Level schwebte, dass wir beide zielstrebig in eine Richtung flogen, ich wusste: Gleich, gleich, gleich!

Plötzlich begann er Geräusche zu machen wie eine kaputte Sirene, wie Bombenalarm in einer zerstörten Großstadt, und dann – ja, wirklich – dann grölte er: „Einer geht noch, einer geht noch rein!“

Was?!?

Alles in mir, meine Hitze, meine Spannung, meine emotionale Sprengladung, die kurz vor der Explosion stand, löste sich in diesem Moment in seine Bestandteile auf, zerbröselte wie ein Zwieback, den die Mutter bringt, wenn man eine fiese Magen-Darm-Grippe hat. Ich war plötzlich in etwa so erregt wie beim Besuch eines Urologen, wenn ich schon seit längerem eine Blasenentzündung verschleppt hatte.

Ramon jedoch bemerkte nichts davon, sondern schaukelte sich nun ganz allein seiner Erfüllung entgegen, es dauerte nicht lange, und seine Muskeln erschlafften unter mir. „Die nächste Runde startet in wenigen Minuten", murmelte er, dann kippte sein schöner Lockenkopf zur Seite und er schlief ein.

*

Der Frust über diese hundsmiserable Liebesnacht mit dem Traummann meines Lebens setzte mir hart zu. Ich war absolut unbefriedigt zum einen, aber zum anderen zermarterte ich mir den Kopf, wieso um alles in der Welt ein so wunderbarer Liebhaber wie Ramon beim Sex unbedingt den Mund aufmachen musste und wer ihm wohl beigebracht hatte, dass „Einer geht noch rein" positive Auswirkungen auf seine Gespielinnen haben würde. Ich wurde nicht schlau aus Ramon, denn im Grunde genommen wirkte er doch ganz gediegen, er hatte es im Job weit gebracht, kleidete sich halbwegs manierlich und war, was die körperlichen Abläufe anging, ein Meister auf der Matratze. Nur das Gestammel und Geheule war der allerletzte Scheiß.

Meine Freundin Dunja, die schon im Vorfeld von

meiner Affinität zu Ramon wusste und mich nun gegen Abend neugierig besuchen kam, war ebenfalls schockiert, was mich zumindest dahingehend beruhigte, dass ich nicht die einzige Frau auf der Welt war, die sein Verhalten merkwürdig fand. Wir beschlossen, unter Menschen zu gehen, etwas Verrücktes zu tun und ein paar harte Sachen zu trinken. Ein Geheimrezept, wenn man unter Selbstzweifeln leidet: Geh zu den total Verrückten, und die Relationen stimmen wieder.

In diesen Tagen war Herbstsend auf dem Hindenburgplatz. Den Lärm der Karussells und Achterbahnen, der Bierzelte und Losverkäufer, schallte ohnehin bis in meine Wohnung, also warum nicht gleich mittenrein ins Gewimmel? Es ging mir wieder richtig gut, bis ich, ja, bis ich mit Dunja an einer diese fiesen schnellen Hoch-und Runter-Dreh-Monster-Maschinen kam, Odyssee 3000 oder so hieß das Ding, es lief laute Musik der übelsten Sorte und ich sagte Dunja gerade, dass mich keine zehn Pferde in so was rein kriegen würden, da hörte ich die Stimme: *„Dann alle Mann gut festhalten! Jetzt geht's los, jetzt geht's los!“*

Ich blieb stehen, als seien meine hochhackigen Schuhe soeben mit Sekundenpatex am Asphalt festgeklebt worden.

„Ja, ja, ja, ja. Heute haben wir mal richtig Spaß!“

Ramon, Ramon, Ramon?

Die Menschen, die an den knallroten Sitzen des „Odysee 3000“ angeschnallt waren, wurden mit einem schrecklichen Ruck in die Höhe gerissen und auf den Kopf gedreht.

„Erst langsam, zum dran Gewöhnen. Ja, ja, ja, ja. Und wem es jetzt schon zuviel ist, der hat Pech gehabt, zum Aussteigen ist es jetzt zu spät! Hahaha ...“

Ich schaute mir das Höllenkarussell näher an. Überall glänzte und funkelte es aus Diskokugeln und Scheinwerfern mit wechselnden Farben. Nebelschwaden stiegen auf.

„Jetzt machen wir mal ein bisschen Tempo ... Uhhhh ...“

Meine Augen suchten die gläserne Kabine, in der das Mikro angebracht war. Ich ahnte, wer dahintersitzen musste ... *„Und für alle, denen es noch immer nicht genug ist, machen wir es jetzt mal rückwärts!“*... Klar, sein Geschäft mit den Spezial-Fahrzeugen ... *„Baby, Baby, das ist Wahnsinn!“* ... in seinem Job ging es immer rund ... *„Wir können auch anders ...“* ... und es musste immer schnell gehen ...

„Ja, ja, ja, ja, da ist das Gekreische groß!“ Tatsächlich, da saß er. Die Augen auf die Passagiere geheftet, sagte er seine Sprüche mit teilnahmslosem Gesicht.

Gut, Ramon hatte nicht gelogen, er hatte noch

nicht einmal übertrieben, aber er hatte sich hier über all die Jahre die absolut falsche Vorgehensweise angewöhnt, wenn er jemanden in Fahrt bringen wollte. Und ich war sein Opfer gewesen. Er hatte mich behandelt wie einen dieser quietschenden Teenager, denen er per Knopfdruck zu fragwürdigen Höhenflügen verhalf.

„Und? Wie geht es euch da oben? Alles im grünen Bereich?“

Es reichte. Dunja war ohnehin schon weitergegangen, ich folgte ihr hastig. Das war mehr als genug. Den letzten Spruch wollte ich mir nicht mehr anhören. Ich schämte mich so, ich fühlte mich gedemütigt. Den letzten Spruch wollte ich mir für ein anderes Mal aufheben.

*

„Hi! Ich dachte, du wärst irgendwie sauer auf mich gewesen vorgestern. Obwohl, ich fand es echt schön mit dir.“ Er sah wieder absolut wunderbar aus, und er hatte tatsächlich einen Strauß roter Rosen mitgebracht, echte, keine von der Schießbude. „Und hier arbeitest du?“, fragte er staunend.

„Ja, wir entwickeln Geräte, um Astronauten auf den Weltraum vorzubereiten. Unsere Kunden sind die NASA und das Juri-Gagarin-Kosmonautentrainingszentrum. Da staunst du, was?“ Er brauchte nichts sagen, seine Augen fielen ihm jetzt schon aus dem Gesicht.

Ich hatte ihn gebeten, mich am Samstagmorgen aus dem Institut abzuholen, damit wir mittags noch gemeinsam einen Happen essen gehen könnten. Da er erst nachmittags wieder seinen Odyssee 3000 in Gang setzten musste, hatte er Zeit – ach ja, und Lust wohl auch, aber das war für mich eher nebensächlich.

„Kleiner Rundgang gefällig? Am Wochenende ist keine Menschenseele da.“

Er nickte beeindruckt und trottete hinter mir her. Meine Route hatte ich bereits vorher überlegt. Erst die langweiligen Druckkammern, das Tauchbecken zur Schwerelosigkeits-Simulation, den so genannten „Schleudersitz“, und dann das spektakulärste Prachtstück: Die Zentrifuge. Ich textete ihn mit beeindruckendem Fachwissen zu und bemerkte, dass er immer kleinlauter wurde. Er verlor keine Silbe mehr über sein tolles Familienunternehmen, mit dem er so viel auf Reisen war. Er hielt einfach den Mund. Das hätte er vorgestern auch besser getan. Aber na ja.

„Und? Bist du weltalltauglich?“, fragte ich ihn und strich provokant mit den Fingerspitzen über seine Wirbelsäule.

„Du meinst, ich kann da mal rein? Weißt du denn, wie das Ding funktioniert?“

„Ob ich weiß, wie es funktioniert?“ Ich lachte blechern. „Ich habe die Zentrifuge entwickelt ...“

Tatsächlich schaffte ich es, ihn zu einer kleinen Testfahrt zu überreden. Nur ganz langsam, wirklich, versprochen ist versprochen, zehn Umdrehungen und dann mal sehen, wie es ihm geht. Seine Pranken waren nass, als er mir einen Handschlag zur Besiegelung meines Versprechens abverlangte. Ich schnallte ihn an und verschwand hinter der Scheibe. „Kannst du mich hören?“, fragte ich durch das Mikrofon. Er winkte schwach und versuchte ein Lächeln, das wohl wagemutig aussehen sollte.

Ich stellte auf ON.

Der Stuhl, auf dem er saß, setzte sich langsam in Bewegung. Die erste Runde, er zeigte mir, dass alles okay war.

Vorhin hatte ich vergessen ihm zu erzählen, dass die angehenden Astronauten zuvor ein vierwöchiges Training absolvieren mussten, bevor sie das erste Mal in die Zentrifuge gingen. Und auch dann fuhren sie erst einmal nur mit halber Kraft. So was, das hatte ich ihm tatsächlich nicht gesagt.

Zweite Runde. Er hielt acht Finger in die Höhe. Er zählte also schon mit, der Ärmste. Dann musste er aber eilig seine Finger sortieren, denn jetzt schraubte ich das Tempo rauf. Dritte Runde. Vierte Runde. Das ging nicht mehr mit dem Mitzählen. Wahrscheinlich kam es ihm jetzt schon vor, als hätte er seine zehn Umdrehungen voll. Sechste Runde. Beschleunigung. Neunte Runde.

Wie schön, dass ich sein Gesicht beobachten konnte, zum Gucken im Vorbeifahren war er jetzt einfach zu schnell, aber wir hatten eine Kamera auf dem Sitz montiert und der Monitor über den Schaltflächen zeigte alles: Die Locken waren glatt wie gebügelt, da sie vom Fahrtwind nach hinten gezogen wurden. Seine blitzeblanken Zähne lagen frei, denn die Beschleunigungsenergie zog ihm die Haut aus dem Gesicht und verwandelte meinen unwiderstehlichen Mädchenschwarm in eine Fratze, selbst die Augenlider veränderten die Form, wurden zu Schlitzen. Er versuchte, etwas zu sagen. Verstehen konnte man ihn aber nicht.

Ach, stimmt, jetzt fiel es mir auch auf. Die zehn Runden waren schon voll. Bei Weitem. Ich griff zum Mikro: „Einer geht noch, einer geht noch rein ...“

Auf den Monitor schaute ich lieber nicht mehr. Ich wollte ihn so in Erinnerung behalten, wie ich all die Jahre an ihn gedacht hatte. Gut, das war Körperverletzung. Aber was bitteschön hatte er denn mit mir gemacht?

Ich drehte den Knopf wieder runter, eine Weile

würde die Maschine noch kreisen, bis sie zum Stillstand kam. Bis dahin war ich längst verschwunden.

Ich wollte ihn nie wieder sehen.

Ramon!

Mord-Westfalen

Kriminelle Geschichten aus Ostwestfalen-Lippe

Krimi-Anthologie, Originalausgabe
392 Seiten, Paperback, Euro 12,90
ISBN 978-3-86532-111-4

Raffinierte Geschichten mit bösen Pointen, klug, witzig, abgründig. Und typisch ostwestfälisch: So dunkel wie Schwarzbrot. So gut abgehangen wie Schinken. Und so scharf wie gut gebrannter Korn. Entdecken Sie die Provinz, wo sie am tiefsten ist! Die erste große Krimi-Anthologie mit Schauplätzen in Ostwestfalen-Lippe hat sie alle: Krimi-Preisträger und Krimi-Legenden, einen Großmeister der Kleinkunst und einen Altmeister des „Tatort", einen Drogenfahnder und einen Staatsanwalt.

26 Stories von Horst Bosetzky alias -ky, Dietmar Bittrich, Monika Detering, Sabine Ernst, Erwin Grosche, Nina George, Frank Göhre, Norbert Horst, Sandra Lüpkes, Ulf Miehe, Heinrich-Stefan Noelke, Hellmuth Opitz, Willi Voss, Friedhelm Werremeier u.v.a.

Tatorte sind, neben vielen anderen, Bad Oeynhausen, Bad Salzuflen, Bellersen, Bielefeld, Bünde, Detmold, Gütersloh, Herford, Lippstadt, Minden, Paderborn, die Senne, Versmold, Werther sowie das Hermannsdenkmal, die Externsteine und das Kaiser-Wilhelm-Denkmal.

P E N D R A G O N - Verlag

Mord-Westfalen II

Kriminelle Geschichten aus Westfalen

Krimi-Anthologie, Originalausgabe
392 Seiten, Paperback, Euro 12,90
ISBN 978-3-86532-139-8

Diese Krimi-Anthologie mit Schauplätzen in Ostwestfalen-Lippe und Westfalen vereint Krimi-Preisträger und Krimi-Legenden, Polizisten und Kabarettisten zu einer spannenden Sammlung von Geschichten, durch die sich wie ein roter Faden – unausgesprochen natürlich – die westfälische Mentalität zieht: „Gut, dass wir drüber geschwiegen haben."

Mit Storys von Mechtild Borrmann, Dietmar Bittrich, Horst Bosetzky alias -ky, Volker W. Degener, Jürgen Siegmann, Erwin Grosche, Max von der Grün, Frank Göhre, Michael Koglin, Sandra Lüpkes, Eva Maaser, Gesa Pauly, Heinrich Peuckmann, Renée Pleyter, J.Reitermeier/W. Tewes, Stefanie Viereck, Willi Voss, Klaus-Peter Wolf u.v.a.

Tatorte sind, neben vielen anderen, Bielefeld, Bad Salzufelen, Bünde, Bellersen, Schloß Brakel, Detmold, Dortmund, Gütersloh, Gelsenkirchen, Herne, Schloß Holte-Stukenbrock, Kamen, Mönchengladbach, Münster und Oerlinghausen

PENDRAGON - Verlag